KB195210

금오신화

김시습 지음
박희병 · 정길수 옮김

돌베개

이 총서는 위로는 신라 말기인 9세기경의 소설을, 아래로는 조선 말기인 19세기 말의 소설을 수록하고 있다. 즉 이 총서가 포괄하는 시간은 무려 천 년에 이른다. 이 총서의 제목을 '千년의 우리소설'이라 한 이유가 여기에 있다.

근대 이전에 창작된 우리나라 소설은 한글로 쓰인 것이 있는가 하면 한문으로 쓰인 것도 있다. 중요한 것은 한글로 쓰였는가 한문으로 쓰였는가 하는 점이 아니다. 오늘날의 관점에서 그런 것은 그다지 중요하지 않다. 정말 중요한 것은 문예적으로 얼마나 탁월한가, 사상적으로 얼마나 깊이가 있는가, 그리하여 오늘날의 독자가 시대를 뛰어넘어 얼마나 진한 감동을 받을 수 있는가 하는 점일 터이다. 이 총서는 이런 점에 특히 유의해 기획되었다.

외국의 빼어난 소설이나 한국의 흥미로운 근현대소설을 이미 접한 오늘날의 독자가 한국 고전소설에서 감동을 받기란 쉬운 일이 아니다. 우리 것이니 무조건 읽어야 한다는 애국주의적 논리는 더 이상 통하지 않는다. 과연 오늘날의 독자가 『유충렬전』이나 『조웅전』 같은 작품을 읽고 무슨 감동을 받을 것인가. 어린 학생이든 성인이든 이런 작품을 읽은 뒤 자기대로 생각에 잠기든 가, 비통함을 느끼든가, 깊은 슬픔을 맛보든가, 심미적 감흥에 이르든가, 어떤 문제의식을 환기받든가, 역사나 인간에 대한 이해를 증진하든가, 꿈과 이상을 품든가, 대체 그럴 수 있겠는가? 아마 그렇지 못할 것이다. 그럼에도 이런 종류의 작품은 대부분의 한국 고전소설 선집 속에 포함되어 있으며, 중고등학교에서도 '고전'으로 가르치고 있다. 그러니 한국 고전소설은 별 재미도 없고 별 감동도 없다는 말을 들어도 그닥 이상할 게 없다. 실로 학계든, 국어 교육이나 문학 교육의 현장이든 지금껏 관습적으로 통용되어 온 고전소설에 대한 인식을 전면적으로 재검토해야 할 시점에 이르렀다. 이 총서는 이런 문제의식에서 출발한다.

이 총서가 지금까지 일반인에게 그리 알려지지 않은 작품을 많이 수록하고 있음도 이 점과 무관치 않다. 즉 이는 21세기의 한국인들에게 어필할 수 있는 새로운 한국 고전소설의 레퍼토리를 재구축하려는 시도인 것이다. 이 점에서 이 총서는 그렇고 그런 기존의 어떤 한국 고전소설 선집과도 다르며, 아주 새롭다. 하지만 맹목적으로 새로움을 위한 새로움을 추구하지는 않았으며, 비평적 견지에서 문예적 의의나 사상적·역사적 의의가 있는 작품을 엄별해 수록했다. 그리하여 우리는 이 총서를 통해 흔히 한국 고전소설의 병폐로 거론되어 온, 천편일률적이라든가, 상투적 구성을 보인다든가, 권선징악적 결말로 끝난다든가, 선인과 악인의 판에 박힌 이분법적 대립으로 일관한다든가, 역사적·현실적 감각이 부족하다든가, 시공간적 배경이 중국으로 설정된 탓에 현실감이 확 떨어진다든가 하는 지적으로부터 퍽 자유로운 작품을 가능한 한 많이 독자들에게 소개하고자 한다.

그러나 수록된 작품들의 면모가 새롭고 다양하다고 해서 그것으로 충분한 것은 아닐 터이다. 한국 고전소설, 특히 한문으로 쓰인 한국 고전소설은 원문을 얼마나 정확하면서도 쉽고 유려한 현대 한국어로 옮길 수 있는가의 여부에 따라 작품의 가독성은 물론이려니와 감동과 흥미가 배가될 수도 있고 반감될 수도 있다. 이 총서는 이런 점에 십분 유의해 최대한 쉽게 번역하기 위해 고심을 거듭했다. 하지만 쉽게 번역해야 한다는 요청이, 결코 원문을 왜곡하거나 원문의 정확성을 다소간 손상시켜도 좋음을 의미하지는 않는다. 이런 견지에서 이 총서는 쉬운 말로 번역해야 한다는 대전제와 정확히 번역해야 한다는 또 다른 대전제—이 두 전제는 종종 상충할 수도 있지만—를 통일하기 위해 많은 노력을 기울였다.

한국 고전소설에는 이본異本이 많으며, 같은 작품이라 할지라도 이본에 따라 작품의 뉘앙스와 풍부함이 달라지는 경우가 비일비재하다. 그뿐 아니라 개개의 이본은 자체에 다소의 오류를 포함하고 있다. 따라서 하나하나의 작품마다 주요한 이본들을 찾아 꼼꼼히 서로 대비해 가며 시시비비를 가려 하나의 올바른 텍스트, 즉 정본定本을 만들어 내는 일이 긴요하다. 이 작업은 매우 힘들고, 많은 공력功力을 요구하며, 시간도 엄청나게 소요된다. 이런 이유 때문이겠지만, 지금까지 고전소설을 번역하거나 현대 한국어로 바꾸는 일은 거의 대부분 이 정본을 만드는 작업을 생략한 채 이루어져 왔다. 하지만 정본 없이 이루어진 결과물들은 신뢰하기 어렵다. 정본이 있어야 제대로 된 한글 번역이 가능하고, 제대로 된 한글 번역이 있고서야 오디오북, 만화, 애니메이션, 드라마, 영화 등 다른 문화 장르에서의 제대로 된 활용도 가능해진다. 뿐만 아니라 정본에 의거한 현대 한국어 역譯이 나와야 비로소 영어나 기타 외국어로의 제대로 된 번역이 가능해진다. 이런 점에서 본다면 작금의 한국 고전소설 번역이나 현대화는 대강 특정 이본 하나를 현대어로 옮겨 놓은 수준에 머무는 것이라는 한계를 대부분 갖고 있는바, 이제 이 한계를 넘어서야 할 시점에 이르렀다. 이 총서에 실린 대부분의 작품은 내가 펴낸 책인 『한국한문소설 교합구해校合句解』에서 이루어진 정본화定本化 작업을 토대로 하고 있는바, 이 점에서 기존의 한국 고전소설 번역서들과는 전적으로 성격을 달리한다.

나는 『한국한문소설 교합구해』의 서문에서, "가능하다면 차후 후학들과 힘을 합해 이 책을 토대로 새로운 버전의 한문소설 국역을 시도했으면 한다. 만일 이 국역이 이루어진다면 이를 저본으로 삼아 외국어로의 번역 또한 생각해 볼 수 있을 것이다"라고 말한 바 있다. 바야흐로 한국 고전소설을 전공한 정길수 교수와의 공동 작업으로 이 총서를 간행함으로써 이런 생각을 실현할 수 있게 되어 대단히 기쁘게 생각한다.

이 총서의 작업 방식에 대해 간단히 언급해 두고자 한다. 이 총서의 초벌 번역은 정 교수가 맡았으며, 나는 그것을 수정하는 작업을 했다. 정 교수의 노고야 말할 나위도 없지만, 수정을 맡은 나도 공동 작업의 취지에 어긋나지 않게 최선을 다했음을 밝혀 둔다. 한편 각 권의 말미에 간단한 작품 해설을 첨부했다. 원래는 작품마다 끝에다

해제를 붙이려고 했는데, 너무 교과서적으로 비칠 염려가 있는 데다 혹 독자의 상상력을 제약할지도 모르겠다는 생각이 들어 이런 방식으로 바꾸었다.

이 총서는 총 16권을 계획하고 있다. 단편이나 중편 분량의 한문소설이 다수지만, 총서의 뒷부분에는 한국 고전소설을 대표하는 몇 종류의 장편소설과 한글소설도 수록할 생각이다.

이 총서는, 비록 총서라고는 하나 한국 고전소설을 망라하는 데 목적이 있지 않다. 그야말로 '千년의 우리소설' 가운데 21세기 한국인 독자의 흥미를 끌 만한, 그리하여 우리의 삶과 역사와 문화를 주체적으로 돌아보고 성찰하는 데 도움이 될 만한, 그럼으로써 독자들의 심미적審美的 이성理性을 충족시키고 계발하는 데 보탬이 될 만한 작품들을 가려 뽑아 한국 고전소설에 대한 인식을 바꾸고 확충하고자 하는 것이 목적이다. 만일 이 총서가 이런 목적을 어느 정도 달성했다는 평가를 받게 된다면 영어 등 외국어로 번역해 비단 한국인만이 아니라 세계 각지의 사람들에게 읽혀도 좋지 않을까 생각한다.

2007년 9월
박희병

차례

일러두기

1. 조선 명종明宗 때 윤춘년尹春年이 편집 간행한 목판본을 저본으로 삼았다.

2. 박희병이 표점을 붙이고 교석校釋한 『한국한문소설 교합구해』韓國漢文小說 校合句解를 참조했다.

만복사저포기

萬福寺樗蒲記

만복사에서 저포로 내기를 하다

남원에 양생¹이란 사람이 있었다. 어린 나이에 부모를 여의고 아직 미혼인 채 만복사 동쪽에서² 혼자 살았다. 방 밖에는 배나무 한 그루가 있었는데, 바야흐로 봄을 맞아 배꽃이 흐드러지게 핀 것이 아름다운 나무에 은이 매달린 듯했다. 양생은 달이 뜬 밤이면 배나무 아래를 서성이며 낭랑한 목소리로 이런 시를 읊조렸다.

쓸쓸히 한 그루 배나무 꽃을 짝해
달 밝은 이 밤 그냥 보내다니 가련도 하지.
청춘에 홀로 외로운 창가에 누웠거늘
어디서 들려오나 고운 님 피리 소리.

1. **양생梁生** '양씨 성의 선비'라는 뜻.
2. **만복사萬福寺 동쪽에서** 대부분의 번역본에 "만복사의 동쪽 방에서"라고 되어 있는데, 원문의 구두句讀를 잘못 뗀 데서 초래된 오역이다. 양생은 만복사에 부쳐 산 것이 아니라 만복사 동쪽의 어떤 집에서 살았다. '만복사'는 고려 문종文宗 때 창건된 절로, 전라도 남원 기린산麒麟山에 있었다. 정유재란丁酉再亂 때 불에 타 사라졌다.

비취새 외로이 짝 없이 날고

짝 잃은 원앙새 맑은 강에 몸을 씻네.

내 인연 어딨을까 바둑알로 맞춰 보고[3]

밤에 등불로 점을 치다[4] 시름겨워 창에 기대네.

시를 다 읊고 나자 문득 공중에서 이런 말소리가 들렸다.

"네가 좋은 배필을 얻고 싶은 모양이구나. 그렇다면 근심할 것 없느니라."

양생은 이 말을 듣고 내심 기뻐했다.

이튿날은 3월 24일이었다. 이날 만복사에서 연등회燃燈會를 열어 복을 비는 것이 이 고을의 풍속이었다. 남녀가 운집해 저마다 소원을 빌더니, 날이 저물자 염불 소리가 그치며 사람들이 모두 돌아갔다. 그러자 양생은 소매에서 저포[5]를 꺼내 불상 앞에 던지며 이렇게 말했다.

"제가 오늘 부처님과 저포 놀이로 내기를 해 보렵니다. 제가 진다면 법회法會를 베풀어 부처님께 공양을 올리겠지만, 만약에 부처님이 진다면 미녀를 점지해 제 소원을 이루도록 해 주셔야 하옵니다."

이렇게 기도를 하고는 저포 놀이를 시작했다. 결과는 양생이 승리했다. 그러자 양생은 불상 앞에 꿇어앉아 말했다.

---

3. 내 인연~맞춰 보고　옛날에 바둑알로 점을 치는 법이 있었다.
4. 등불로 점을 치다　옛날 사람들은 등불의 모양으로 길흉을 점쳤다.
5. 저포樗蒲　윷놀이와 비슷한 놀이. 나무로 만든 주사위를 던져 승부를 다툰다.

16

"승부가 이미 결정되었으니 절대로 약속을 어기면 안 되옵니다."

그러고는 불상 앞에 놓인 탁자 밑에 숨어 부처님이 어떻게 약속을 지켜 줄지 기다려 보았다.

이윽고 아리따운 한 여인이 들어왔다. 나이는 열다섯이나 열여섯쯤 되어 보였다. 머리를 곱게 땋아 내리고 화장을 엷게 했는데, 용모와 자태가 곱디고운 것이 마치 하늘의 선녀나 바다의 여신과도 같아, 바라보고 있자니 위엄이 느껴졌다. 여인은 기름이 든 병을 들고 들어와 등잔에 기름을 붓고 향로에 향을 꽂은 뒤 부처님 앞에 세 번 절하고 꿇어앉더니 한숨을 쉬며 말했다.

"운명이 어쩜 이리도 기박할까!"

여인은 품속에서 뭔가 글이 적힌 종이를 꺼내어 탁자 앞에 바쳤다. 내용은 다음과 같았다.

> 아무 고을 아무 땅에 사는 아무 성씨의[6] 아무개가 아뢰옵니다. 지난날 변방을 잘 지키지 못해 왜구가 침략했습니다. 창과 칼이 난무하고 위급을 알리는 봉화가 몇 해나 이어지더니 가옥이 불타고 인민들이 노략질당했습니다. 이리저리로 달아나 숨는 사이 친척이며 하인들은 모두 흩어져 버렸습니다. 저는 연약한 여자인지라 멀리 달아나지 못하고 스스로 규방에 들어가 끝내 정절을 지켜서 무도한 재앙을 피했습니다.

꿈꿈꿈꿈

6. **아무 성씨의** 원문은 "何氏"(하씨)로, '아무 성씨'라는 뜻이다. 이를 잘못 해석해 이 작품 여주인공의 성씨를 '하씨'라고 말하는 학자들이 있다.

부모님은 여자가 절개 지킨 일을 옳게 여겨 외진 땅 외진 곳의 풀밭에 임시 거처를 마련해 주셨으니, 제가 그곳에 머문 지도 이미 3년이 되었습니다. 저는 가을 하늘에 뜬 달을 보고 봄에 핀 꽃을 보며 헛되이 세월 보냄을 가슴 아파하고, 떠가는 구름처럼 흐르는 시냇물처럼 무료한 하루하루를 보낼 따름입니다. 텅 빈 골짜기 깊숙한 곳에서 기구한 제 운명에 한숨짓고, 좋은 밤을 홀로 지새우며 오색찬란한 난새가 혼자서 추는 춤에 마음 아파합니다. 날이 가고 달이 갈수록 제 넋은 녹아 없어지고, 여름밤 겨울밤마다 애간장이 찢어집니다.

바라옵나니 부처님이시여, 제 처지를 가엾게 여겨 주소서. 제 앞날이 이미 정해져 있다면 어쩔 수 없겠으나, 기구한 운명일망정 인연이 있다면 하루빨리 기쁨을 얻게 하시어 제 간절한 기도를 저버리지 말아 주소서.

여인은 소원이 담긴 종이를 던지고 목메어 울었다. 양생이 좁은 틈 사이로 여인의 자태를 보고는 정을 억누르지 못하고 뛰쳐나가 말했다.

"좀 전에 부처님께 글을 바친 건 무슨 일 때문입니까?"

양생은 종이에 쓴 글을 읽어 보더니 얼굴에 기쁨이 가득한 채 이렇게 말했다.

"그대는 어떤 사람이기에 혼자서 이곳에 오셨소?"

여인이 대답했다.

"저 또한 사람입니다. 왜 의아해하시는지요? 그대가 좋은 배필을 얻을 수 있다면 그뿐, 제 이름을 물으실 것까지야 있나요. 이처럼 성급하시다니요."

당시 만복사는 쇠락한 상태여서 이곳의 승려들은 한쪽 모퉁이 방에 거주하고 있었다. 대웅전 앞에는 행랑만이 쓸쓸히 남아 있고, 행랑 맨 끝에 나무판자를 붙여 만든 좁은 방이 하나 있었다. 양생이 여인을 부추겨 함께 그 방으로 들어가자고 하자 여인도 그다지 어려운 기색이 아니었다. 정사를 나눴는데, 별 이상한 점이 없었다.

한밤중이 되자 동산에 달이 떠오르며 창으로 그림자가 비치는데, 홀연 발소리가 들렸다. 여인이 말했다.

"누구니? 네가 왔니?"

시중드는 여종이 말했다.

"네, 아씨. 지금껏 아씨께서 중문中門 밖을 나선 적이 없고 거닐어 봤자 고작 몇 걸음이었는데, 어젯밤 문득 나가시더니 어쩌다가 여기까지 오시게 됐나요?"

"오늘 일은 우연이 아니란다. 하늘이 돕고 부처님이 도우셔서 이처럼 좋은 님을 만나 백년해로를 하게 되었구나. 부모님께 말씀드리지 않고 혼인하는 건 비록 예에 어긋나는 일이지만, 훌륭한 분과 잔치를 벌여 노니는 것 또한 평생 만나기 어려운 기이한 일이 아니겠니. 집에 가서 자리를 가져오고 술상을 봐 오너라."

여종은 여인의 명에 따라 갔다 와서는 뜰에 자리를 깔았다. 새벽 2시 가까운 시각이었다. 펴 놓은 술상은 수수하니 아무런 무늬 장식도 없었으나, 술에서 나는 향기는 진정 인간 세계의 것이 아닌 듯싶었다. 양생은 의심스러운 마음이 없지 않았지만 담소하는 맑고 고운 모습이며 여유로운 태도를 보고는, '필시 귀한 댁 처자가 몰래 담장을 넘어 나온 것이리라' 생각하며 더 이상 의심하지 않았다.

여인이 양생에게 술잔을 건네더니 여종더러 노래를 한 곡 불러 보라 하고는 양생에게 말했다.

"이 아이가 옛날 곡조를 잘 부른답니다. 제가 노랫말을 하나 지어 부르게 해도 괜찮을까요?"

양생이 흔쾌히 허락하자 여인은 「만강홍」⁷ 한 곡을 지어 여종에게 노래하게 했다. 노래는 다음과 같다.

> 서러워라 쌀쌀한 봄날
> 얇은 비단 적삼 입고 몇 번이나 애간장 끊어졌나.
> 향로香爐는 차갑고 저문 산은 검푸른데
> 해 질 녘 구름은 우산을 펼친 듯.
> 비단 장막과 원앙 이불 함께할 사람 없어
> 비녀를 반쯤 젖힌 채 피리를 부네.
> 애달파라 쏜살같은 세월이여
> 내 맘속엔 원망만 가득.
>
> 불 꺼진 등잔

---

7. 「만강홍」滿江紅 송나라 이래로 유행했던 '사패'詞牌(사詞의 레퍼토리)의 하나. 전단前段과 후단後段으로 이루어지고, 자수字數는 총 93자다. 종래의 번역은 대부분 구두를 제대로 떼지 못해 사詞의 묘미를 살리지 못했다.

작은 은銀 병풍.

공연히 눈물 훔치나니

사랑할 사람 누구런가.

기뻐라 오늘 밤 봄기운 돌아

따뜻함이 찾아왔으니.

무덤에 맺힌 천고의 한恨 풀고자

「금루곡」[8] 부르며 은銀 술잔 기울이네.

옛날을 원망하며 한을 품어 찡그린 여인이

외로운 집에 잠들었어라.

노래가 끝나자 여인이 슬픈 얼굴로 말했다.

"옛날 봉래도에서 이루지 못한 만남을 오늘 소상강에서 이루게 되었으니,[9] 천행天幸이 아니겠습니까? 서방님께서 저를 버리지 않으신

---

8. 「금루곡」金縷曲 사패의 하나.

9. **옛날 봉래도蓬萊島에서~이루게 되었으니** '봉래도'는 전설상의 산 봉래산蓬萊山을 말한다. 『전등신화』剪燈新話의 「취취전」翠翠傳에 "봉래도에서 옛날의 약속을 이룬다"라는 말이 나오는데, 여기에는 이런 고사가 있다: 양귀비가 죽은 뒤 봉래산의 선녀가 되었는데, 산으로 자신을 찾아온 사람에게 말하기를 "나는 옥황상제의 시녀였고 성상聖上(당 현종)은 대양주궁大陽朱宮의 진인眞人이셨는데 어쩌다 숙연宿緣이 깊어 성상은 인간 세상에 내려가 임금이 되셨고 나는 인간 세상에 귀양가 그 시위侍衛가 되었습니다만 이제 12년이 지나면 다시 만나게 될 것입니다"라고 했다고 한다(『전등신화구해』剪燈新話句解). '소상강'瀟湘江은 중국 호남성湖南省에 있는 강인 소수瀟水와 상수湘水를 말한다. '소상강에서 이루게 되었으니'의 원문은 "瀟湘有故人之逢"(소상강에서 벗을 만남이 있다)인데, 역시 「취취전」에 나오는 말이다. 육조 시대 양梁나라 시인 유운柳惲의 「강남곡」江南曲에 "동정호에서 돌아오던 나그네/소상강에서 벗을 만났네"라는 구절이 있는데, 이 시구로 「소상봉고인」瀟湘逢故人(소상강에서 벗을 만나다)이라는 사패가 생겼다. 여기서는 '님과의 만남'을 의미하는 말로 썼다.

다면 죽도록 곁에서 모시겠어요. 하지만 제 소원을 들어주지 못하시겠다면 영영 만나지 못할 거예요."

양생은 이 말을 듣고 감동하는 한편 놀라워하며 말했다.

"내 어찌 당신 말을 따르지 않겠소?"

그러나 여인의 태도가 범상치 않아 보이는 까닭에 양생은 여인의 행동을 자세히 살폈다.

이때 달이 서산에 걸리며 인적 드문 마을에 닭 울음소리가 들렸다. 절에서 종소리가 울리기 시작하며 새벽빛이 밝아 왔다. 여인이 말했다.

"애야, 자리를 거둬 돌아가려무나."

여종이 "네" 하고 대답하자마자 자취 없이 사라졌다. 여인이 말했다.

"인연이 이미 정해졌으니 제 손을 잡고 함께 가셔요."

양생이 여인의 손을 잡고 마을을 지나갔다. 울타리에서 개들이 짖어 대고 길에는 사람들이 다니고 있었다. 그런데 지나가던 이들은 양생이 여인과 함께 가는 것을 알지 못한 채 다만 이렇게 묻는 것이었다.

"이렇게 일찍 어딜 가시나?"

양생이 대답했다.

"술에 취해 만복사에 누워 있다가 친구 집에 가는 길입니다."

아침이 되었다. 여인이 이끄는 대로 풀숲까지 따라와 보니, 이슬이 흥건한 것이 사람들 다니는 길이 아니었다. 양생이 물었다.

"어찌 이런 곳에 사시오?"

여인이 대답했다.

"혼자 사는 여자가 사는 곳이 본래 이렇지요 뭐."

여인은 이렇게 우스갯소리를 건넸다.

　　이슬 젖은 길

　　아침저녁으로 다니고 싶건만

　　옷자락 적실까 나설 수 없네.[10]

양생 역시 장난으로 이런 시를 지었다.

　　여우가 짝을 찾아 어슬렁거리니

　　저 기수淇水의 돌다리에 짝이 있도다.[11]

　　노나라 길 확 트여

　　문강文姜이 쏜살같이 달려가누나.[12]

시를 읊조리고 나서 껄껄 웃었다.

❧❧❧❧

10. **이슬 젖은~나설 수 없네**　『시경』詩經 국풍國風 소남召南 「행로」行露를 인용한 것이다. 여성이 연
모의 마음을 품고 있되 함부로 행동하지 않는다는 내용의 노래다.

11. **여우가 짝을~짝이 있도다**　『시경』 위풍衛風 「유호」有狐를 인용한 것이다. 과부가 홀아비에게 시
집가고 싶어 하는 마음, 혹은 혼기 지난 남녀가 짝을 찾는 마음을 노래한 시다.

12. **노魯나라 길~쏜살같이 달려가누나**　『시경』 제풍齊風 「재구」載驅를 인용한 것이다. 노환공魯桓公
의 아내인 문강文姜이 친남매간인 제양공齊襄公과 사통私通하던 일을 노래한 시로, 바람난 여인
이 정부情夫를 만나러 달려가는 정황을 보여 준다.

두 사람은 마침내 개녕동[13]에 도착했다. 쑥이 들판을 뒤덮고, 가시나무가 하늘을 가렸다. 그 속에 집 한 채가 있는데, 크기는 작지만 매우 화려했다.

여인은 양생을 이끌어 함께 집 안으로 들어갔다. 어젯밤 펼쳤던 것과 같은 자리와 장막이 깔끔하게 정돈되어 있었다.

양생은 이곳에서 사흘을 머물렀는데, 그 즐거움은 여느 사람이 누리는 것과 다르지 않았다. 시중드는 여종은 아름답되 영악하지 않았고, 여러 기물器物은 깨끗하되 화려한 무늬 장식이 없었다. 인간 세계가 아니리라는 생각이 들다가도 여인의 정답고 정성스러운 모습에 더 이상 의심을 품지 않게 되었다.

이윽고 여인이 양생에게 말했다.

"여기서의 사흘이 인간 세상으로 치면 적어도 3년은 될 거예요. 그러니 이제 댁으로 돌아가 생업을 돌보셔야겠지요."

이리 말하더니 송별의 자리를 베풀었다.

양생이 어리둥절하여 이렇게 말했다.

"어찌 이리도 빨리 헤어져야 한단 말이오?"

"다시 만나 평생의 소원을 다 이루게 될 거예요. 오늘 누추한 제 집에 오신 건 분명 과거의 어떤 인연 때문일 텐데, 제 이웃에 사는 친척들을 한번 만나 보셔야 하지 않겠어요?"

양생이 좋다고 하자 여인은 즉시 여종을 시켜 사방 이웃에 모임을

13. 개녕동開寧洞 남원부南原府 동북쪽 50리에 있던 '거녕현'居寧縣을 가리키는 것으로 보인다.

24

알리게 했다.

이웃에 사는 정씨鄭氏·오씨吳氏·김씨金氏·유씨柳氏는 모두 명문 대갓 집 사람으로, 여인과 같은 마을에 사는 친척 규수들이었다. 모두 성품이 온화하고 자태가 빼어나게 아름다우며, 총명하여 시를 지을 줄 알았다. 이 네 사람이 양생을 송별하면서 7언 절구[14]를 네 편씩 지어 선사하겠다고 했다.

정씨는 운치 있는 자태를 지녔고 풍성한 쪽 찐 머리가 귀밑머리를 가리고 있었다. 정씨는 한숨을 쉬더니 이렇게 읊조렸다.

봄밤에 꽃과 달이 다 어여쁜데
봄날의 긴긴 시름 몇 해였던가?
한스러워라 저 비익조[15]처럼
둘이 서로 장난하며 하늘에서 춤출 수 없어.

무덤 속 등불 꺼졌으니 밤이 얼마나 됐나?
북두성 막 기울고 달도 반쯤 기울었네.
서글퍼라 깊은 내 집 찾는 이 없어
푸른 적삼 헝클어지고 머리 단장도 안 했네.

---

14. 7언 절구七言絕句 일곱 자씩 네 구句로 이루어진 한시 형식.
15. 비익조比翼鳥 암수가 각각 날개가 하나씩밖에 없어 함께 날아야 비로소 날 수 있다는 상상의 새. 부부 사이의 좋은 금슬을 상징한다.

고운 님과 맺은 언약 어그러졌어라
봄바람 저버리고 좋은 때는 지나갔네.
베개에 눈물 자국 그 얼룩이 몇 개런가
뜨락 가득 산비가 배꽃을 때리누나.

긴 봄날 하릴없는 맘
쓸쓸한 빈산에서 몇 밤을 지새웠나?
남교 지나는 길손 보이지 않으니
배항이 운교를 언제 만날런지.[16]

오씨는 댕기 머리를 한, 아리땁고 연약한 여인이었다. 정이 솟아
오르는 것을 참지 못하는 몸짓을 하더니, 정씨에 이어 다음의 시를
읊었다.

절에서 향 사르고 돌아왔거늘[17]
부처님께 저포 던져 누구와 맺어졌나?[18]
꽃피는 봄날 달 뜨는 가을밤 가없는 한을

❧❧❧❧

16. **남교藍橋 지나는~언제 만날런지** '남교'는 중국 섬서성陝西省 남전현藍田縣 동남쪽의 남계藍溪
에 있던 다리다. '배항'裴航은 당나라 때의 인물로, 다음의 고사가 전한다. 배항이 아직 과거에 오
르지 못했을 때 '운교'雲翹라는 부인을 만나, 남교에 가면 좋은 배필을 만날 수 있다는 말을 들었
다. 배항은 운교의 말에 따라 남교로 가서 결국 운영雲英이라는 미인을 만날 수 있었다.
17. **절에서 향 사르고 돌아왔거늘** 여주인공이 부처님 앞에 향을 피우고 축원한 것을 가리킨다.
18. **부처님께 저포 던져 누구와 맺어졌나?** 양생이 저포를 던져 부처님과 내기한 것을 가리킨다.

술동이의 한 잔 술로 녹였으면 하네.

촉촉한 새벽이슬 복사꽃 뺨 적시는데
깊은 골짝에 봄 깊어도 나비는 오지 않네.
이웃집에 인연 맺었단 소식이 기뻐
새 곡조를 부르며 금 술잔을 주고받네.

해마다 제비는 봄바람에 춤추건만
애타는 춘심春心 헛되기만 하네.
부러워라 두 연꽃 한 꼭지에 달려
깊은 밤 못에서 함께 목욕하니.

일층의 누각 푸른 산에 있는데
연리지[19]에 맺힌 꽃 참으로 붉네.
서러워라 사람살이 저 나무만 못해
젊은 나이에 박명해 눈물이 글썽.

　김씨는 옷매무새를 바로 하고 의연한 태도로 붓을 적시더니 여인
들이 앞서 지은 시에 단정치 못한 마음이 들어 있음을 꾸짖고 이렇
게 말했다.

꒦꒦꒦꒦

19. 연리지連理枝　전국시대戰國時代 한풍韓馮 부부의 무덤에 났다는 두 그루의 가래나무로, 뿌리는
　　서로 닿아 있고 가지는 서로 연이어 있었다고 한다. 흔히 금슬이 좋은 부부를 일컫는 말로 쓴다.

"오늘 일은 많은 말이 필요 없습니다. 다만 풍경을 노래하면 됐지, 왜 속마음을 토로해 절개를 잃고 인간 세상에 천한 마음을 알린단 말입니까?"

그러고는 낭랑한 목소리로 다음 시를 읊었다.

새벽바람에 두견새 우니
희미한 은하수 동쪽에 이우네.
옥피리 잡아 다시 불지 마오
그윽한 풍정風情을 속인俗人이 알까 두려우니.

금 술잔에 좋은 술 가득 따르니
취하도록 마시고 많다 사양 마오.
내일 아침 얄궂은 봄바람이 대지를 엄습하면
한 자락 봄빛이 어찌 꿈이 아니리.

초록 비단 옷소매를 나른히 드리우고
풍악 소리 들으며 일백 잔 술을 마시네.
맑은 흥취 풀기 전엔 돌아가지 못하리니
다시 새 언어로 새 가사를 지으리.

구름 같은 고운 머리 흙에 더럽혀진 지 몇 해던가
오늘에야 님을 만나 웃음 한 번 지어 보네.
고당[20]의 신령한 일이

인간 세상 풍류의 이야깃거리로 떨어지게 하지 마소.

유씨는 옅은 화장에 소복을 입었는데, 그리 화려하지는 않았지만 법도가 있어 보였다. 말하지 않고 묵묵히 있다가 미소 지으며 다음 시를 지었다.

굳게 정절 지키며 몇 해를 지내 왔나
고운 넋 어여쁜 몸 황천에 묻혀 있네.
항아[21]와 늘 봄밤을 함께하며
계수나무 꽃 곁에서 홀로 자는 걸 좋아했지.

우습구나 복사꽃과 오얏꽃 봄바람을 못 이겨
만 점 꽃잎 휘날리어 인가에 떨어지니.
평생토록 파리의 더러운 점이
곤륜산[22] 귀한 옥에 흠이 되지 않게 해야지.

얼굴 단장 안 하고 머리는 봉두난발

---

20. **고당高唐** 초楚나라의 운몽택雲夢澤이라는 연못에 있던 누대 이름. 초나라 회왕懷王이 여기서 낮잠을 자다 꿈에 무산巫山의 여신女神과 만나 사랑을 나누었다는 고사가 있다.

21. **항아姮娥** 달나라에 산다는 선녀. 본래 요堯임금 때 활 잘 쏘기로 이름난 예羿의 아내로, 남편이 서왕모西王母에게서 불사약不死藥을 얻어 왔는데 그걸 훔쳐 달나라로 갔다는 고사가 있다.

22. **곤륜산崑崙山** 티베트고원 북쪽의, 신선이 산다고 하는 전설상의 산 이름. 좋은 옥이 많다고 한다.

티끌에 묻힌 경대엔 녹이 슬었네.
다행히 오늘 아침 이웃집 잔치에 와
족두리 장식한 붉은 꽃을 부끄리며 보네.

낭자가 오늘 귀인과 짝을 했으니
하늘이 정한 인연이라 내내 향기로우리.
월하노인²³이 붉은 실 묶어 줬으니
이제부터 양홍과 맹광²⁴처럼 공경하며 살길.

여인이 유씨의 시 가운데 마지막 구절에 감동해 자리에서 일어나
더니 이렇게 말했다.
"나 또한 조금은 문자를 아니, 묵묵히 가만있을 수 없군요."
그러고는 7언 율시²⁵ 한 편을 지어 읊었다.

개녕동에서 봄날의 시름 안고
꽃이 피고 질 적마다 온갖 근심에 잠겼다오.
무산²⁶ 구름 속에 님 모습 안 보여

23. 월하노인月下老人 붉은 실을 가지고 다니며 사람들에게 부부의 인연을 맺어 준다는 신神.
24. 양홍梁鴻과 맹광孟光 '양홍'은 후한後漢 때의 은사隱士이고, '맹광'은 그 아내다. 서로 공경하며
　　화목한 가정을 이루었던 어진 부부로 유명하다.
25. 7언 율시七言律詩 일곱 자씩 여덟 구句로 이루어진 한시 형식.
26. 무산巫山 중국 호북성湖北省 서부에 있는 산. 초나라 회왕懷王이 꿈속에서 무산의 여신과 사랑
　　을 나누었다는 고사가 있다.

상강[27] 대나무 아래에서 눈물을 흘렸네.

맑은 강 따뜻한 햇살에 원앙새 짝을 짓고

구름 갠 하늘에는 비취새 노니누나.

좋을시고 우리가 동심결[28]을 맺었으니

비단부채가 가을을 원망하지 않게 하소.[29]

양생 역시 글을 잘 짓는 사람이었으므로, 여인의 시 짓는 법이 맑고 고상하며 시의 음절이 또랑또랑한 데 감탄을 금치 못했다. 그리하여 즉시 자리 앞으로 나오더니 붓을 휘둘러 옛날풍으로 지은 장단편[30] 한 편을 써서 화답했다.

오늘 밤은 어떤 밤이길래

그대 같은 선녀를 만나나.

꽃다운 얼굴 어여쁘기도 하지

붉은 입술은 앵두를 닮았네.

시는 어찌 그리 묘한가

이안[31]도 입을 다물어야겠네.

ꙍꙍꙍꙍ

27. **상강湘江**   순舜임금이 죽자 두 아내인 아황娥皇과 여영女英이 이곳에서 울다 투신해 죽었다는 고사가 있다.
28. **동심결同心結**   부부 사이에 서로 마음이 변하지 않기를 맹세하기 위해 짓는 실매듭.
29. **비단부채가~않게 하소**   부채가 여름에만 소용되고 가을에는 소용되지 않는 데서, 실연당한 여인이 자신을 '가을날 버림받은 부채'에 비유한다.
30. **장단편長短篇**   긴 구절과 짧은 구절이 뒤섞인 한시.
31. **이안易安**   송宋나라 때의 유명한 여성 시인 이청조李淸照의 호.

직녀織女가 베를 짜다 하늘에서 내려왔나

항아가 절구 찧다 달에서 내려왔나.

어여쁜 단장은 대모연³²을 비추고

오가는 술잔에 맑은 잔치 즐거워라.

운우³³에는 아직 익숙지 않지만

술 마시고 노래하며 서로 기뻐하네.

스스로 기뻐하네, 어쩌다 봉래도에 잘못 들어와

신선 세계에 사는 풍류의 무리와 마주하게 된 것을.

아름다운 술통에는 좋은 술이 가득하고

금사자 모양의 화로에는 용뇌향³⁴이 뿜어 나오네.

백옥상³⁵ 앞엔 향가루 흩날리고

부엌의 장막은 산들바람에 한들거리네.

선녀와 내가 만나 합근주³⁶를 마시니

오색구름이 뭉게뭉게 이네.

그대는 보지 못했소 문소와 채란³⁷의 만남이며

장석과 난향³⁸의 만남을.

᪥᪥᪥᪥

32. **대모연玳瑁筵** 대모의 등딱지로 장식한 호화로운 술자리. '대모'는 큰 바다거북인데, 등딱지를 장식용으로 쓴다.

33. **운우雲雨** 운우지정雲雨之情. 남녀 간에 육체적으로 관계하는 정.

34. **용뇌향龍腦香** '용뇌'는 동남아시아에서 나는 향료. 용뇌향수龍腦香樹에서 채취한 수지樹脂를 건조한 무색투명한 결정체다.

35. **백옥상白玉床** 백옥으로 만든 의자.

36. **합근주合巹酒** 혼례식 때 신랑과 신부가 나눠 마시는 술.

37. **문소文簫와 채란彩鸞** '문소'는 진晉나라 때의 선비이고, '채란'은 선녀 오채란吳彩鸞을 말한다. 두 사람이 만나 부부가 되었다는 고사가 전한다.

사람의 만남에는 정해진 인연이 있나니
술잔을 들어 취하도록 마셔 보세.
낭자는 어찌 말을 경솔히 해
내가 가을 되면 부채를 버릴 거라 하오?
세세생생世世生生 부부가 되어
꽃 앞에서 달 아래서 서로 노닙시다.

술자리가 끝나고 헤어질 때가 되었다. 여인이 양생에게 은그릇을 하나 내주며 말했다.

"내일 저희 부모님이 보련사³⁹에서 제게 밥을 주실 거예요. 길가에서 기다리고 계시다가 함께 절에 가서 부모님께 인사를 드렸으면 하는데, 괜찮으시겠어요?"

양생은 그렇게 하겠다고 대답했다.

이튿날 양생은 여인의 말대로 은그릇을 들고 길가에서 기다리고 있었다. 잠시 후 과연 명문가 여인의 대상⁴⁰을 위한 행차가 보였다. 이들 일행의 수레와 말이 길을 가득 메운 채 보련사로 올라가다가 길가에 선비가 그릇을 들고 서 있는 것을 보고는 하인 하나가 이렇게 말했다.

"아씨와 함께 묻은 물건을 누가 훔쳐서 갖고 있사옵니다."

꽃꽃꽃꽃

38. **장석張碩과 난향蘭香** '장석'은 한漢나라 때의 신선이고, '난향'은 선녀 '두난향'杜蘭香을 말한다. 두 사람이 만나 부부가 되었다는 고사가 전한다.
39. **보련사寶蓮寺** 남원부南原府 서쪽의 보련산에 있던 절인 듯하다.
40. **대상大祥** 3년상을 마치고 탈상脫喪하는 제사.

주인이 말했다.

"뭐라고?"

하인이 말했다.

"이 선비가 아씨의 그릇을 가지고 있사옵니다."

주인이 말을 멈추고 사정을 묻자, 양생이 앞서 여인과 약속했던 일을 그대로 말했다. 여인의 부모가 놀라 한참을 어리둥절해하더니 이렇게 말했다.

"우리 외동딸이 노략질하던 왜구의 손에 죽었는데 아직 장례를 치르지 못하고 임시로 개녕사[41] 골짜기에 매장했구려. 차일피일하다 지금껏 장사를 지내지 못한 채 오늘에 이르게 되었소이다. 오늘이 벌써 세상을 뜬 지 두 돌이 되는 날이라 절에서 재齋를 베풀어 저승 가는 길을 배웅하려는 참이라오. 청컨대 딸아이와 약속했던 대로 여기서 기다렸다가 함께 절로 와 주셨으면 하오. 부디 놀라지 말아 주었으면 하오."

그렇게 말하고는 먼저 절로 갔다.

양생은 우두커니 서서 여인을 기다렸다. 약속 시간이 되자 한 여인이 여종과 함께 사뿐히 걸어왔다. 과연 기다리던 그 여인이었다. 양생과 여인은 기쁘게 손을 잡고 절로 향했다.

여인은 절에 들어가 부처님께 절하고 하얀 장막 안으로 들어갔다. 여인의 친척들과 절의 승려들은 모두 여인의 존재를 믿지 않았다. 오

꽃꽃꽃꽃
41. 개녕사開寧寺 개녕동開寧洞에 있던 절.

직 양생의 눈에만 여인이 보였기 때문이다. 여인이 양생에게 말했다.

"음식을 함께 드시지요."

양생이 여인의 부모에게 그 말을 전하자, 부모는 시험해 볼 생각으로 그렇게 해 보라고 했다. 수저 소리만 들릴 따름이었지만, 그 소리는 사람들이 밥 먹을 때와 똑같았다. 부모는 깜짝 놀라 마침내 양생더러 장막 곁에서 함께 자라고 권유했다.

한밤중에 말소리가 낭랑하게 들렸는데, 다른 사람들이 자세히 엿들어 보려 하면 그때마다 말소리가 뚝 그쳤다. 여인의 말은 다음과 같았다.

"제가 규범을 어겼다는 건 저 역시 잘 알지요. 어려서 『시경』詩經과 『서경』書經을 읽어 예의범절을 조금은 알고 있사오니, 「건상」[42]과 「상서」[43]가 부끄러워할 만한 것인 줄 모르지 않아요. 하오나 오랜 세월 쑥대밭 너른 들판에 버려진 채 살다 보니 마음속에 있던 정이 한번 일어나자 끝내 다잡을 수 없었어요.

며칠 전 절에서 소원을 빌고 불전佛殿에 향을 사르며 제 기구한 일생을 한탄하던 중에 문득 삼세[44]의 인연을 이루게 되었지요. 서방님의 아내가 되어 나무 비녀를 꽂고 백 년 동안 시부모님을 모시며 음식 시중에 옷시중으로 평생 아내의 도리를 다하고 싶었어요.

하지만 한스럽게도 정해진 운명은 피할 수 없고, 이승과 저승의

꼬꼬꼬꼬

42. 「건상」褰裳 『시경』 정풍鄭風의 시. 자유분방한 여인의 마음을 읊은 노래.
43. 「상서」相鼠 『시경』 용풍鄘風의 시. 예의를 모르는 사람을 풍자한 노래.
44. 삼세三世 전세前世, 현세現世, 내세來世.

경계는 넘을 수 없군요. 기쁨이 아직 다하지 않았는데 슬픈 이별이 눈앞에 이르렀어요. 이제 나와 놀던 미인은 병풍의 그림 속으로 들어가고,[45] 아향은 수레를 밀며,[46] 양대에는 구름과 비[47]가 걷히고, 은하수 건네주던 까마귀와 까치[48]도 흩어질 시간이에요.

지금 이별하고 나면 다시 만나긴 어렵겠지요. 이별할 때가 되니 너무도 서글퍼 무슨 말을 해야 할지 모르겠어요."

이윽고 여인의 영혼을 떠나보내는데, 여인의 울음소리가 끊이지 않았다. 잠시 후 문밖에서 여인의 목소리가 은은하게 들려왔다.

> 저승으로 돌아갈 날이 다 되어
> 애처로이 이별합니다.
> 바라건대 님이시여!
> 저를 잊지 마셔요.
> 슬퍼라 우리 부모님

꒰꒱꒰꒱

45. **나와 놀던 미인은~그림 속으로 들어가고** 당나라 때 어떤 선비가 술에 취해 누웠다가 깨어 보니 병풍 그림 속의 여인들이 평상平床에 내려와 장단을 맞추며 노래를 부르고 있으므로 놀라서 꾸짖자 여인들이 도로 병풍 속으로 들어갔다는 고사가 전한다.

46. **아향阿香은 수레를 밀며** 뇌신雷神(우레의 신)인 아향이 뇌거雷車(우레 수레)를 밀면 우레가 치고 비가 내린다는 고사가 있다.

47. **양대陽臺에는 구름과 비** '양대'는 중국 중경시重慶市 무산현巫山縣 고도산高都山에 있던 누대 이름이다. '양대'와 '운우'(구름과 비)는 남녀가 정을 나누는 것을 비유하는 말이다. 초나라 회왕이 양대에서 낮잠을 자다가 꿈에 무산의 여신을 만났는데, 무산의 여신이 자신은 아침에는 구름이 되고 저녁에는 비가 된다고 말한 뒤 잠자리를 함께했다는 전설이 있다.

48. **은하수 건네주던 까마귀와 까치** 견우와 직녀의 만남을 위해 은하수에 오작교를 놓았던 까마귀와 까치.

딸자식 시집보내지 못하셨네.

아득한 황천에서

마음에 한이 맺히리.

소리가 점점 잦아들더니 울음소리와 구별되지 않았다. 여인의 부모는 양생의 말이 모두 사실임을 알고 더 이상 의심하지 않았다. 양생 역시 여인이 귀신임을 깨닫고 마음이 더욱 아파 여인의 부모와 머리를 맞대고 울었다.

여인의 부모가 양생에게 말했다.

"은그릇은 자네 좋을 대로 하게. 딸아이 소유로 밭 몇 마지기와 노비 몇 명이 있는데, 자네가 소유해 신표信標로 삼고 우리 아이를 잊지 말아 주게."

이튿날 양생은 소를 잡고 술을 마련해 여인과 함께 지내던 곳을 찾아갔다. 과연 임시로 만든 무덤이 하나 있었다. 양생은 제사상을 차리고 애통해하며 지전49을 태웠다. 마침내 여인의 장례를 치르고 제문祭文을 지어 여인의 혼령을 위로했다. 제문의 내용은 다음과 같다.

그대의 영혼은 태어날 때부터 따뜻하고 고왔으며, 자라서는 맑고도 순수하였소. 그대의 모습은 서시50와 같고 글 짓는 재주는

49. **지전紙錢** 종이로 만든 가짜 돈. 불교에서 저승에 가서 쓰게 한다고 관棺에 넣거나 명복을 비는 재齋를 지내며 태웠다.
50. **서시西施** 춘추시대 월越나라의 미인 이름.

주숙진[51]보다 뛰어났소.

규방을 나서지 않고 부모님의 훌륭한 가르침을 따르며 살다가, 난리에 몸을 온전히 보존하던 중 왜구를 만나 스러지고 말아, 쑥대밭에 홀로 던져져 꽃과 달 보며 마음 상하였소. 봄바람 불면 애간장 끊어지며 두견새의 피눈물 슬퍼하고, 가을 서리에 가슴이 쪼개지며 가을날 버림받은 부채를 가여워했소.

그러던 어느 날 하룻밤 만남으로 우리 두 사람 마음의 실마리가 얽히게 되었소. 저승과 이승의 경계를 알면서도 물고기가 물을 만난 듯이 함께 즐기기를 다하였소. 장차 백년해로하자 했건만 하루아침에 슬픔과 고통이 닥칠 줄 어찌 알았겠소?

그대는 달나라 항아였소? 무산의 여신이었소? 땅은 어둑어둑하여 돌아갈 수 없고 하늘은 아득하여 바라볼 수 없소. 집에 들어와서는 말없이 망연자실할 뿐이요, 밖에 나가서는 멍하니 갈 곳을 모르겠소.

그대 영혼 앞에 서니 흐르는 눈물 감출 수 없고, 술 한 잔 따르자니 마음이 더욱 아프오. 그대 그윽한 모습이 눈에 선하고, 그대 낭랑한 목소리 귓전에 울리오.

아아, 애달파라! 그대의 본성은 총명하고, 그대의 기질은 빼어났소. 삼혼[52]이 흩어진들 그대의 혼령이 어찌 사그라지겠소? 마땅히 강림하여 뜰에 오르고, 그대의 기운이 내 곁으로 오기

---

51. **주숙진朱淑眞** 송나라의 여성 시인.
52. **삼혼三魂** 도가道家에서 말하는, 인간에게 있다는 세 개의 혼. 즉 태광台光·상령爽靈·유정幽精.

를 바라오. 산 자와 죽은 자의 길이 다르다 하나, 추모하는 이
마음 그대에게 닿았으면 하오.

그 뒤 양생은 슬픔이 극에 달해 논밭을 모두 팔아 여인을 위한 재_齋
를 거듭 베풀었다.

어느 날 밤이었다. 하늘에서 여인의 목소리가 들려왔다.

"서방님의 정성을 입어 다른 나라에 남자로 태어나게 되었답니다.
저승과 이승이 멀리 떨어져 있지만 서방님께 감사하는 마음을 잊을
수 없군요. 서방님께서도 선업_{善業}을 닦으셔서 함께 윤회를 벗어나도
록 해요."

양생은 이후 혼인하지 않고 지리산에 들어가 약초를 캤는데, 그
뒤 어찌 됐는지는 알 수 없다.

이생규장전

李生窺墻傳

이생이 담장을 넘어가다

송도松都(개성)에 이생李生이라는 사람이 있었는데, 낙타교¹ 옆에 살았다. 나이가 열여덟이었는데, 신선처럼 맑은 생김새에 빼어난 자질을 타고났다. 늘 국학²에 가면서 길에서도 시를 읽었다.

선죽리³에는 명문가의 처녀 최씨가 살았다. 나이는 열대여섯에, 자태가 아리땁고 자수를 잘했으며 시 짓는 데도 뛰어났다.

사람들은 이생과 최씨를 두고 이런 노래를 부르곤 했다.

> 풍류남아 이씨 집 아들
> 요조숙녀 최씨 집 딸.
> 재주와 미모가 만일 먹는 것이라면
> 허기진 배를 채울 수 있겠네.

1. **낙타교駱駝橋** 개성에 있던 다리 이름. 탁타교橐駝橋라고도 했다.
2. **국학國學** 고려 시대의 성균관成均館. 개성의 탄현문炭峴門 안에 있었다.
3. **선죽리善竹里** 개성의 선죽교善竹橋 부근에 있던 마을.

이생은 날마다 겨드랑이에 책을 끼고 국학에 갔는데, 늘 최씨 집 앞을 지나갔다. 최씨 집의 북쪽 담장 밖에는 하늘거리는 수양버들 수십 그루가 둥그렇게 둘러서 있었고, 이생은 종종 그 나무 아래서 쉬어 가곤 했다.

하루는 이생이 최씨 집 담장 안을 넘겨다봤다. 아름다운 꽃들이 활짝 피었고, 벌과 새들이 그 사이를 요란스레 날아다니고 있었다. 뜰 한쪽에는 꽃나무 수풀 사이로 작은 정자가 보였다. 문에는 구슬 발이 반쯤 걷혀 있고, 안에는 비단 장막이 드리워 있었다. 그 안에 아름다운 한 여인이 앉아서 수를 놓다가 지겨운 듯 바느질하던 손을 멈추고 턱을 괴더니 이런 시를 읊었다.

　　　홀로 비단 창에 기대어 수놓기도 지루한데
　　　온갖 꽃떨기마다 꾀꼬리 지저귀네.
　　　괜스레 봄바람 원망하다가
　　　말없이 바늘 멈추고 누군가를 그리워하네.

　　　길 가는 저분은 어느 집 귀인일까
　　　파란 옷깃 넓은 띠[4] 버들 사이로 어른거리네.
　　　어찌하면 대청의 제비가 되어
　　　나지막이 주렴을 스치고 나가 담장을 넘을지.

❦❦❦❦
4. 파란 옷깃 넓은 띠　국학國學에 다니는 유생儒生의 옷차림.

이생은 시 읊는 소리를 듣고 들뜬 마음을 억누를 수 없었다. 그러나 명문가 담장은 높디높고 여인의 규방은 깊디깊으니 그저 속만 끓이다 떠나는 수밖에.

이생은 국학에서 돌아오는 길에 흰 종이 한 폭에 자신이 지은 시 세 편을 써서 기왓장에 묶어 담장 안으로 던졌다. 그 시는 다음과 같다.

무산 열두 봉우리 안개에 첩첩 싸였는데
반쯤 드러난 뾰족한 봉우리 울긋불긋해라.
양왕襄王을 꿈에서 뇌쇄시키려
구름이 되고 비가 되어 양대에 내려왔나.[5]

사마상여[6]가 탁문군 꾀던
그 마음 이제 알 만하구나.
곱게 칠한 담장 곁의 아리따운 도리화桃李花(복사꽃과 오얏꽃)는
바람 따라 어디서 분분히 지는지.

5. **무산巫山 열두~양대陽臺에 내려왔나** '무산'은 중국 호북성 서부에 있는 산 이름이고, '양대'는 중국 중경시 무산현에 있던 누대 이름. 전국시대 초나라 회왕懷王이 양대에서 낮잠을 자다가 꿈에 무산의 여신을 만났는데, 무산의 여신이 자신은 아침에는 구름이 되고 저녁에는 비가 된다고 말한 뒤 잠자리를 함께했다는 전설이 있다. '양왕'은 회왕의 아들로 고당高唐에서 노닐며 부왕의 일을 회고했다는 고사가 있다. 그러므로 무산의 여신과 사랑을 나눈 이는 양왕이 아니라 회왕이다.

6. **사마상여司馬相如** 전한前漢의 문인文人. 젊었을 때 촉蜀의 임공臨邛 땅을 지나가다가 금琴을 타서 과부 탁문군卓文君을 꾀어내어 부부가 되었다.

좋은 인연일까 나쁜 인연일까

공연한 시름으로 하루가 일 년.

스물여덟 글자[7] 시로 맺은 인연

남교[8]에서 어느 날 선녀를 만날까.

최씨가 시중드는 여종 향이더러 담장 안으로 떨어진 물건을 가져
오라고 했다. 종이를 펼쳐 보니 이생이 쓴 시가 적혀 있었다. 두 번
세 번 되풀이 읽노라니 마음이 절로 기뻤다. 최씨는 작은 종이에 몇
글자를 적어 담장 밖으로 던졌다. 그 종이에는 이런 글귀가 적혀 있
었다.

의심 마시고 밤에 이리로 오셔요.

이생은 최씨의 말대로 그날 밤에 담장 아래로 갔다. 문득 복사꽃
한 가지가 담장 밖으로 드리워 그 그림자가 흔들흔들거리는 듯한 모
습이 보였다. 다가가서 보니 대나무로 엮은 바구니 같은 것이 그넷
줄에 묶여 담장 아래로 내려와 있었다. 이생은 그넷줄을 잡고 올라
가 담을 넘었다.

때마침 달이 동산 위에 떠올라 꽃 그림자가 땅에 가득했고 맑은 향

---

7. **스물여덟 글자** 7언 절구 시를 말한다.
8. **남교藍橋** 중국 섬서성陝西省 남전현藍田縣 동남쪽의 남계藍溪에 있던 다리 이름. 선비 배항裵航
이 운교雲翹라는 부인을 만나 남교에 가면 좋은 배필을 만날 수 있다는 말을 듣고 그 말대로 남교
에 가서 결국 운영雲英이라는 미인을 만났다는 고사가 전한다.

기가 참 좋았다. 이생은 자신이 신선 세계에 들어온 듯싶었다. 기뻐서 어쩔 줄 모르면서도 워낙 위험한 상황인지라 머리끝이 쭈뼛 솟아올랐다. 좌우를 두리번거리니 여인은 이미 꽃밭 안에 들어가 향이와 함께 꽃을 꺾어 머리에 꽂은 채 한쪽 구석에 자리를 펴고 앉아 있었다. 최씨는 이생을 보고 미소 지으며 시 두 구절을 먼저 지어 읊었다.

오얏나무 복사나무 가지에는 탐스러운 꽃
원앙새 새긴 베개 위엔 곱디고운 달.

이생이 그 뒤를 이어 나머지 구절을 지어 읊었다.

훗날 봄소식[9]이 누설된다면
무정한 비바람[10]에 가련도 하리.

이생의 읊조림을 듣자 문득 최씨의 얼굴이 굳었다. 최씨는 이렇게 말했다.
"저는 평생 당신을 모시며 영원히 함께 기쁨을 누리고자 하건만, 서방님께선 무슨 말씀을 그렇게 하셔요? 여자인 저도 마음을 태연히 먹고 있거늘, 대장부가 그런 말을 하다니요? 훗날 이곳에서의 일이 발각되어 부모님의 질책을 받게 된다 한들 제가 감당하겠어요. 향이

꽃꽃꽃꽃
9. **봄소식** 두 남녀의 사랑을 비유한 말.
10. **비바람** 부모의 반대나 노여움을 비유한 말.

는 방에 가서 술과 안주를 가져오렴."

향이가 명을 받아 나갔다. 사방이 쥐 죽은 듯 고요해 아무런 소리
도 들리지 않았다. 이생이 물었다.

"여기가 어딥니까?"

최씨가 말했다.

"저희 집 북쪽 정원 안에 있는 작은 정자 아래랍니다. 부모님께서
외동딸인 저를 매우 사랑하셔서 연꽃이 있는 못가에 정자를 하나 짓
고 봄날 아름다운 꽃들이 활짝 피면 시중드는 아이와 함께 이곳에서
노닐게 하셨지요. 어머니는 깊은 안채에 계셔서 이곳에서 웃고 떠들
더라도 들리지 않는답니다."

최씨가 좋은 술 한 잔을 이생에게 권하며 옛날풍의 시 한 편을 지
어 읊었다.

둥근 난간 아래 연못이 있고
못가의 꽃떨기에서 남녀가 함께 이야기하네.
향기로운 안개 자욱하고 봄기운 화사해
「백저가」[11] 노랫말을 새로 지어 보네.
달은 꽃그늘 비추다 방석에 들고
긴 가지 함께 잡아당기니 붉은 꽃비 내리네.
바람 따라 맑은 향기 옷자락에 스미니

❧❧❧❧

11. 「백저가」白紵歌 오吳나라의 춤곡 이름.

48

가오[12]가 봄빛 밟고 춤을 추누나.

비단 적삼 살짝 해당화 가지 스치니

꽃 속에 자던 앵무새[13] 깜짝 놀라 일어나네.

이생이 곧바로 화답시를 지어 읊었다.

잘못해 무릉도원 들어오니 꽃이 만발해

이내 마음 형언할 길 없네.

쪽머리에 금비녀 나지막이 꽂고

청초한 봄 적삼을 초록빛 모시로 지어 입었네.

한 가지에 달린 두 꽃 봄바람에 피었으니

무성한 가지에 비바람 치지 마라.

선녀의 옷소매 바람에 휘날려 그림자 하늘하늘

계수나무 그늘에서 항아[14]가 춤을 추네.

좋은 일 다하기 전에 근심이 뒤따르니

앵무새에게 새로 지은 노래 가르치지 마오.

읊기를 마치자 최씨가 이생에게 이렇게 말했다.

---

12. **가오賈午** 진晉나라 무제武帝 때 높은 벼슬을 지낸 가충賈充의 딸. 가오는 부친이 무제로부터 하
  사받은 외국산 고급 향香을 가져다 한수韓壽에게 주고는 그와 사통私通했는데, 훗날 한수의 옷에
  서 나는 향기 때문에 그 일이 발각되었다. 이에 가충은 딸을 한수에게 시집보냈다.
13. **앵무새** 이생을 비유하는 말로 쓰였다.
14. **항아姮娥** 달나라에 산다는 선녀.

"우리의 오늘 만남은 작은 인연이 아닐 겁니다. 정을 남김없이 나누시려거든 제 뒤를 따라오세요."

최씨는 말을 마치자마자 북쪽 창으로 들어갔다. 이생이 그 뒤를 따랐다.

방 안에는 정자로 가는 사다리가 놓여 있었다. 사다리를 타고 올라가자 과연 밖에서 보았던 그 정자였다. 붓이며 벼루며 책상이 모두 지극히 깨끗하고 고왔다. 한쪽 벽에는 「연강첩장도」[15]와 「유황고목도」[16]가 걸려 있었다. 모두 유명한 그림이었다. 그림 상단에 시가 한 편씩 적혀 있었는데, 누가 지은 것인지는 알 수 없었다.

어떤 사람 붓 힘이 이리 좋아서
강 가운데 이처럼 천 겹 산을 그렸나?
장대해라 3만 길의 방호산[17]
구름 사이로 아득히 반만 나왔네.
먼 산줄기는 백 리에 걸쳐 어슴푸레하고
눈앞에는 푸르른 봉우리 우뚝 솟았네.
푸른 물결 아득히 먼 하늘에 떴는데
해 질 녘 멀리 바라보니 고향 생각에 수심이 이네.
이 모습 대하니 마음이 쓸쓸해져

ꋯꋯꋯꋯ

15. 「연강첩장도」煙江疊嶂圖 안개 긴 강에 첩첩 봉우리가 있는 모습을 그린 그림.
16. 「유황고목도」幽篁古木圖 우거진 대숲의 고목을 그린 그림.
17. 방호산方壺山 삼신산三神山의 하나인 방장산方丈山을 말한다.

비바람 치는 상강湘江에 배 띄운 듯하네.

그윽한 대숲에 소슬바람 소리
우람한 저 고목은 정을 품은 듯.
구불구불 서린 뿌리엔 이끼가 끼었고
늙은 줄기는 높이 뻗어 바람과 우레를 견디네.
가슴속에 본래 조화造化를 품었건만
오묘한 경지를 어찌 남에게 말하리.
위언과 여가[18]도 이미 귀신 되었으니
천기[19]를 누설해야 몇이나 알지?
맑은 창에서 황홀한 마음으로 조용히 마주하니
신묘한 그림 사랑스러워 삼매경에 드네.

한쪽 벽에는 사계절의 풍경을 읊은 시가 계절별로 네 편씩 붙어
있었다. 역시 누가 지었는지는 알 수 없었는데, 필체는 송설[20]의 해
서楷書를 본받아서 지극히 정밀하고 숙련된 솜씨였다. 첫째 폭에는
봄을 노래한 다음의 시가 적혀 있었다.

　　부용 수놓은 장막 따스하고 향기가 연면한데

꙾꙾꙾꙾

18. **위언韋偃과 여가與可**　'위언'은 당나라 때의 화가다. '여가'는 송나라 때의 화가 문동文同의 자字
　　다.
19. **천기天機**　그림의 오묘한 자태를 이른다.
20. **송설松雪**　원나라 때의 유명한 서화가 조맹부趙孟頫의 호.

창밖에는 부슬부슬 행우[21]가 내리네.

누각의 남은 꿈 새벽 종소리에 깨니

신이화 핀 언덕에 때까치[22] 울고 있네.

제비 나는 긴 봄날 깊은 규방에서

나른하여 말없이 수놓기를 멈추네.

꽃 아래 쌍쌍이 나비 날아와

뜨락의 그늘에 지는 꽃 따라다니네.

가벼운 추위 초록빛 치마에 스미니

봄바람에 공연히 애간장이 끊어지네.

말없이 그리운 마음 뉘라서 알까

온갖 꽃떨기 속에 원앙새만 춤을 추네.

어여쁜 아씨 집에 봄빛이 깊어

진홍빛 연둣빛이 깁창에 어렸네.

뜰 가득 고운 풀에 춘심春心이 괴로워

살며시 주렴 걷고 지는 꽃 보네.

❧❧❧❧

21. 행우杏雨　살구꽃이 만발한 청명淸明 무렵 내리는 비.

22. 신이화辛夷花 핀 언덕에 때까치　'신이화'는 백목련 꽃을 말한다. 요즘의 목련과 다른 토종 목련
으로, 홑꽃이라 수수하고 청초하며, 아주 독특한 향기가 난다. '때까치'는 까치와는 다른, 몸길이
약 18센티미터의 소형 조류로, 봄에 울고 봄이 가면 울음을 멈춘다.

둘째 폭에는 여름을 노래한 다음의 시가 적혀 있었다.

밀이 처음 패고 어린 제비 나는데
남쪽 동산엔 온통 석류꽃.
푸른 창가[23]에는 여인의 가위질 소리
자줏빛 노을 오려 내어 치마를 만들려나.

매실 노랗게 익을 무렵 가랑비 내리니
회화나무[24] 그늘에 꾀꼬리 울고 제비가 처마에 드네.
또 한 해 풍경이 늙어 가나니
멀구슬나무 꽃[25] 지고 죽순 뾰족 돋아나네.

살구를 따 꾀꼬리에게 던지노라니
바람은 남쪽 마루 지나고 해그림자 더디 가네.
연잎은 향기롭고 못물은 그득한데
푸른 물결 깊은 곳에 가마우지[26] 몸을 씻네.

꾀꾀꾀꾀

23. **푸른 창가** 창밖에 녹음이 우거져 이리 말했다.
24. **회화나무** 콩과에 속하는 낙엽 교목으로 높이는 30미터까지 자라며, 8월 초에 황백색 꽃이 풍성하게 핀다.
25. **멀구슬나무 꽃** '멀구슬나무'는 높이가 20미터까지 자라는 낙엽 교목으로, 5월경에 맑은 향기가 나는 연보랏빛 꽃이 풍성하게 피며, 가을에 멀구슬이라 불리는 작은 열매가 열린다. 이 꽃이 지면 여름이다.
26. **가마우지** 생김새가 까마귀 비슷한, 물고기를 잡아먹고 사는 물새.

등나무 상床과 대자리엔 물결무늬²⁷가 곱고
소상강瀟湘江 그린 병풍 그림에는 한 줄기 구름.
나른해 한낮의 꿈 깨지 못하는데
창 너머 기운 해는 어느덧 서산으로.

셋째 폭에는 가을을 노래한 다음의 시가 적혀 있었다.

가을바람 솔솔 부니 이슬이 맺히고
달도 곱고 물도 푸르네.
끼룩끼룩 울며 기러기 돌아가는데
우물가 지는 오동잎 소리 또다시 듣네.

평상 아래에 온갖 벌레 찍찍찍 울고
평상 위의 미인은 구슬 눈물 떨구네.
님은 만리타향 전쟁터에 가셨거늘
오늘 밤 옥문관²⁸에도 달이 밝으리.

새 옷 지으려 하니 가위가 차서
나직이 아이 여종 불러 다리미를 가져오라 하네.
다리미 불 꺼진 줄도 미처 모른 채

🌸🌸🌸
27. **물결무늬** 물결 모양으로 이루어진 무늬.
28. **옥문관玉門關** 중국의 서쪽 변방에 있는 관문.

거문고 타다 머리를 긁적이누나.[29]

작은 못에 연꽃 지고 파초芭蕉는 누런데
원앙와[30]에 첫서리 내렸네.
옛 시름 새로운 한恨 금할 길 없는데
동방洞房에 우는 귀또리 소리까지 듣네.

넷째 폭에는 겨울을 노래한 다음의 시가 적혀 있었다.

매화 가지 그림자 하나 창에 비꼈는데
바람 세찬 서쪽 행랑에 달빛이 밝네.
화롯불 꺼졌는가 부젓가락으로 헤쳐 보고
아이 여종 불러 찻주전자 새로 올리라 하네.

밤 서리에 나뭇잎 자주 놀라고
회오리바람에 눈이 날려 행랑에 들이치네.
공연히 밤새 님 그리는 꿈을 꾸어
내내 추운 북쪽 사막 전쟁터에 가 있었네.

---

29. **거문고 타다 머리를 긁적이누나** 근심이 있을 때 하는 행동이다. '거문고'의 원문은 "秦箏"(진쟁)
    으로, 옛 진秦 지방에서 나는 현악기의 하나이며 슬瑟과 비슷하다.
30. **원앙와鴛鴦瓦** 암키와와 수키와가 짝을 이룬 것. 또는 모양이 원앙과 비슷한 기와를 말한다.

창 가득 붉은 햇살 봄날처럼 따뜻한데
시름에 잠긴 눈썹에 졸음이 어렸네.
병에 꽂힌 작은 가지의 매화 반쯤 피어서
수줍어 말없이 원앙 한 쌍을 수놓네.

휘익휘익 겨울바람 북쪽 숲에 몰아치는데
추운 까마귀 달 보고 울어 마음에 사무치네.
등불 앞에서 님 그리워 흘리는 눈물
실밥에 뚝뚝 떨어져 바느질 잠시 중단되네.

한쪽 곁에는 작은 방이 따로 있었다. 방 안의 장막이며 이부자리가
또한 깨끗하고 화려했다. 장막 밖에서 사향麝香을 사르고 택란 기름[31]
으로 등촉을 밝혀 휘황한 빛이 들이치니 방 안이 대낮처럼 환했다.
이생은 그곳에서 최씨와 극도의 즐거움을 맛보며 며칠을 머물렀다.
　하루는 이생이 최씨에게 말했다.
　"공자孔子께서 '부모님이 계시거든 반드시 어디 가는지를 말씀드리
고 집을 나선다'[32]고 하셨는데, 지금 내가 부모님께 아침저녁 문안을
드리지 못한 지가 이미 사흘이 되었소. 부모님께서 걱정하며 기다리
실 테니 자식 된 도리가 아니군요."
　최씨는 서글픈 얼굴로 고개를 끄덕이며 담장 너머로 이생을 보내

❧❧❧❧
31. 택란澤蘭 기름 '택란', 곧 쉽싸리의 씨에서 짠 기름으로, 등불을 켜는 데 쓴다.
32. 부모님이 계시거든~집을 나선다 『논어』論語 「이인」里仁에 나오는 말.

주었다. 이생은 그날 이후로 매일 밤 최씨의 집을 찾았다.

어느 날 밤, 이생의 부친이 이생에게 물었다.

"네가 아침에 집을 나갔다가 저녁에 돌아오는 건 공자님의 어질고 의로운 말씀을 배우기 위해서일 게다. 그런데 저녁에 나가서 새벽에 돌아오는 건 무슨 일 때문이냐? 내 생각엔 필시 경박한 녀석들처럼 남의 집 처녀를 넘보기 위해서인 듯하다. 나중에 모든 일이 탄로 나면 남들이 모두 내가 자식 교육을 엄하게 시키지 못했다고 욕할 게다. 게다가 만일 그 처녀가 훌륭한 가문의 여성이라면 미친 너 때문에 자기 가문이 더럽혀졌다고 여기지 않겠느냐. 남의 가문에 죄를 짓는 건 결코 작은 일이 아니다. 어서 영남 땅으로 가서 노비들을 거느리고 농장 일이나 감독하도록 해라. 절대 돌아올 생각 말고!"

이생의 부친은 이튿날 곧바로 이생을 울주蔚州(울산)로 쫓아 보냈다.

최씨는 매일 밤 꽃밭에서 이생을 기다렸지만 두세 달이 지나도록 이생은 오지 않았다. 최씨는 이생이 병에 걸려 못 오나 보다 생각하고 향이로 하여금 이생의 이웃집에 가서 은밀히 이생의 근황을 물어보게 했다. 향이는 이생의 이웃 사람이 이렇게 말하더라고 했다.

"그 댁 아드님은 부친께 벌을 받아 영남으로 쫓겨 간 지가 벌써 두어 달 되었다."

최씨는 그 말을 듣고 자리에 앓아누웠다. 몸을 뒤척이며 일어나지 못하고 물 한 모금 입에 대지 않더니 말도 제대로 잇지 못하고 형색도 초췌해졌다.

최씨의 부모가 이상하게 여겨 무슨 이유로 앓아누웠는지 물었으나 최씨는 입을 꼭 다문 채 묵묵부답이었다. 최씨의 부모가 최씨의 상자를 뒤지다가 이생이 예전에 최씨에게 지어 준 시를 발견했다. 그제야 무릎을 치며 놀라더니 이렇게 말했다.

"하마터면 우리 딸아이를 잃을 뻔했구나!"

최씨의 부모는 최씨에게 물었다.

"대체 이생이 누구니?"

사태가 이렇게 되자 최씨도 더 이상 숨기지 못하고 목구멍 속에 기어들어 가는 목소리로 겨우 사실을 고했다.

"아버지 어머니께서 길러 주신 은혜를 생각하니 숨길 수가 없군요. 가만히 생각하니 남녀가 서로 감응함은 사람에게 지극히 중요한 일 같아요. 그래서 『시경』詩經에는 혼기를 앞둔 여인이 낭군 구하는 마음을 노래한 시[33]가 실려 있고, 『주역』周易에는 여자가 정조를 지키지 못하면 흉하다[34]는 가르침이 들어 있지요. 제가 연약한 여자로서 용모가 시든 뒤 낭군에게 버림받는다는 시[35]나 절개 잃은 여인을 비웃는 시[36]를 모르지 않건만 어쩌다가 그만 사람들의 비웃음을 받게 되었습니다. 스스로 낭군을 찾고자 위당의 처녀[37]처럼 좋지 못한 행실을 하고 말았으니, 죄가 이미 차고 넘치며 가문까지 치욕을 당하게 되었어요.

❦❦❦❦

33. 혼기를 앞둔~노래한 시 『시경』 소남召南 「표유매」摽有梅를 말한다.

34. 여자가 정조를 지키지 못하면 흉하다 『주역』 함괘咸卦에 나오는 말.

35. 용모가 시든~버림받는다는 시 『시경』 위풍衛風 「맹」氓을 말한다.

36. 절개 잃은 여인을 비웃는 시 『시경』 소남召南 「행로」行露를 말한다.

37. 위당渭塘의 처녀 『전등신화』剪燈新話에 수록된 「위당기우기」渭塘奇遇記의 여주인공을 말한다. 원나라 때 금릉金陵 사람 왕생王生이 위당渭塘에 갔다가 그곳의 처녀와 눈이 맞아 부부가 되었다는 내용이다.

하온데 그 남자는 제 마음을 훔치고서 일생의 원한[38]을 남겨 두고 떠났습니다. 외롭고 약한 제가 홀로 근심을 견뎌 보려 해도 사랑하는 마음은 날로 깊어 가고 병은 날로 악화되어 이제 거의 죽어서 귀신이 될 지경에 이르렀어요. 아버지 어머니께서 제 소원을 들어주신다면 남은 목숨을 보전할 수 있을 거예요. 하지만 제 마음을 허락해 주지 않으신다면 죽음이 있을 뿐, 저승에서 그이와 다시 만날지언정 다른 사람에게 시집가지는 않으렵니다."

이에 최씨의 부모가 딸의 뜻을 알아차리고는 병에 대해 더 이상 묻지 않았다. 최씨의 부모는 타이르기도 하고 달래기도 하면서 딸의 마음을 누그러뜨리는 한편 예물을 갖추어 이생의 집에 매파를 보내 혼인 의사를 물었다. 이생의 부친은 최씨 집이 대단한 가문이라는 것을 알고 이렇게 대답했다.

"우리 아이가 비록 나이가 어려 행동이 거칠긴 하나 학문에 정통하고 풍채도 남 못지않아, 저로서는 이 아이가 머잖아 장원급제해 이름을 크게 날리리라 기대하고 있습니다. 빨리 혼인시킬 생각은 없습니다."

매파가 돌아가 그 말을 전하자, 최씨의 부친이 매파를 다시 보내며 이런 말을 전하게 했다.

"옛날 사귀던 벗들도 모두 댁의 아드님에 대해 재주가 대단하다고

꒜꒜꒜

38. 원한 원문은 "喬怨"(교원)으로, 곧 '교생喬生에 대한 원망'이란 뜻이다. '교생'은 『전등신화』에 수록된 「모란등기」牧丹燈記의 주인공이다. 교생은 여경麗卿이라는 미녀를 만나 인연을 맺었으나 여경이 귀신이라는 사실을 알게 되자 그만 관계를 끊었고, 여경은 이를 원망해 교생을 끌고 함께 관 속으로 들어갔다.

들 칭찬하더군요. 지금 비록 몸을 웅크리고 있다고 하나 초야에 묻혀 지낼 사람이 아니라는 걸 저도 알고 있습니다. 하루빨리 좋은 날을 택해 자식들의 혼인을 이루어 주었으면 합니다."

매파가 다시 이생의 부친에게 그 말을 전했다. 이생의 부친은 이렇게 말했다.

"저도 어려서부터 책을 들고 경전 공부를 했지만 늙도록 이룬 것이 없습니다. 노비들은 모두 달아나고 도와줄 만한 친척도 거의 없어 사는 게 허술하고 집안 살림도 고단합니다. 이런 형편인데 명문가에서 일개 가난한 유생儒生을 사위로 맞이하려 하시다니요. 제 생각에는 필시 호사가들이 우리 아이를 턱없이 칭찬해 댁에까지 잘못된 소문이 들어간 것일 겝니다."

매파가 다시 최씨 집에 그 말을 전하자 최씨 집에서는 또 이런 말을 전하게 했다.

"혼례에 따르는 모든 일이며 비용은 저희가 다 준비하도록 하겠습니다. 좋은 날을 가려서 화촉을 밝히도록 하십시다."

매파가 다시 이생의 부친에게 가서 말을 전하자, 이생의 부친도 이쯤 이르러서는 뜻을 돌리지 않을 수 없었다. 급히 사람을 보내 아들을 집으로 오게 해 의향을 물었다. 이생은 기쁨을 억누르지 못해 다음과 같은 시를 지었다.

헤어지면 다시 만날 날 반드시 있나니
오작교 놓아 우리 만남을 도와줬구나.
월하노인[39]이 이제 인연 맺어 줬으니

봄바람에 두견새 원망하지 말아야지.

최씨도 혼약 맺었다는 소식을 듣고 병이 차츰 나아갔다. 최씨는
이런 시를 지었다.

나쁜 인연이 좋은 인연 되어
우리의 굳은 맹세 마침내 이루어졌네.
함께 사슴 수레[40] 탈 날 그 언제일까
부축 받고 일어나 꽃비녀를 꽂아 보네.

드디어 좋은 날을 택해 혼례를 치르고 부부가 되었다. 함께 산 뒤
로 부부는 사랑하고 공경하며 서로를 손님 대하듯이 온 정성을 다했
다. 양홍과 맹광 부부, 포선과 환소군 부부[41]라도 이생과 최씨의 절
개와 의리에는 미치지 못할 정도였다.

이생은 이듬해 과거에 합격해 좋은 벼슬자리를 얻었고, 명성이 조
정에 널리 퍼졌다.

꿈꿈꿈꿈

39. **월하노인月下老人**   붉은 실을 가지고 다니며 사람들에게 부부의 인연을 맺어 준다는 신神.
40. **사슴 수레**   사슴 한 마리를 태울 만한 크기의 작은 수레. 부부의 금슬이 좋음을 뜻하는 말인데,
    여기서는 혼인을 가리키는 말로 썼다. 한나라 포선鮑宣의 아내 환소군桓少君이 혼례식을 올린 뒤
    친정에서 마련한 혼수를 모두 거절하고는 거친 베옷을 입고 남편과 함께 녹거鹿車(사슴 수레)를
    끌며 시댁으로 갔다는 고사가 있다.
41. **양홍梁鴻과 맹광孟光 부부, 포선鮑宣과 환소군桓少君 부부**   '양홍'은 후한後漢 때의 가난한 선비
    이고 '포선'은 전한前漢 때의 가난한 선비인데, 그들의 아내인 '맹광'과 '환소군'은 부잣집 딸이었
    으나 검소한 생활로 남편을 잘 받들었다는 고사가 있다.

신축년[42]에 홍건적이 서울을 침략해 임금이 복주福州(안동)로 피란
했다. 홍건적은 가옥을 불태우고 사람과 가축을 닥치는 대로 죽였
다. 이생 부부와 친척들 또한 위험을 피할 길이 없어 동서로 달아나
목숨을 부지하고자 했다.

이생은 가족을 이끌고 깊은 산에 들어가 숨으려 했다. 이때 홍건
적 하나가 칼을 뽑아 들고 쫓아왔다. 이생은 힘껏 달려 겨우 벗어날
수 있었다. 그러나 최씨는 결국 홍건적에게 사로잡히고 말았다. 홍
건적이 최씨를 겁탈하려 하자 최씨가 큰소리로 꾸짖었다.

"짐승만도 못한 놈! 나를 죽여라! 죽어서 승냥이의 밥이 될지언정
내 어찌 개돼지의 아내가 될 수 있겠느냐?"

홍건적은 노하여 최씨를 죽이고 난도질했다.

이생은 황야에 몸을 숨겨 겨우 목숨을 건질 수 있었다. 홍건적이
물러갔다는 소식을 듣고 집으로 돌아와 보니 이미 모두 불타 잿더미
가 되어 있었다.

이생은 발길을 돌려 최씨의 집으로 갔다. 황량한 집에 쥐가 찍찍
거리고 새들이 지저귀는 소리만 들려왔다. 슬픔을 가눌 수 없어 작
은 정자에 올라가 눈물을 훔치며 길게 한숨을 쉬었다.

날이 저물도록 이생은 덩그러니 홀로 앉아 있었다. 멍하니 예전에
최씨와 함께 즐겁게 보낸 시간들을 회상하노라니 한바탕 꿈을 꾼 듯
싶었다.

꾸꾸꾸꾸

42. 신축년　고려 공민왕恭愍王 10년인 1361년. 이해에 홍건적紅巾賊 10만 명이 압록강을 건너 우리
　　나라를 침략했다.

어느덧 밤 10시 무렵이 되었다. 달빛이 희미하게 들보를 비추었다. 문득 행랑 아래쪽에서 어떤 소리가 들려왔다. 멀리서부터 발자국 소리가 점점 다가오는 것이었다. 최씨였다. 이생은 최씨가 이미 죽은 줄 알면서도 사랑하는 마음이 간절했던 까닭에 의심하지 않고 곧바로 이렇게 물었다.

"어디로 피해서 목숨을 건졌소?"

최씨는 이생의 손을 잡고 목 놓아 통곡하더니, 이윽고 심정을 토로했다.

"저는 본래 사대부 가문에서 태어나 어려서부터 부모님의 가르침을 따라 수놓고 옷 짓는 일을 열심히 익히고, 시 짓기며 글씨 쓰기며 인의仁義의 도리도 배웠어요. 하지만 오직 규방閨房 여성의 일이나 알 뿐 바깥세상의 일이야 아는 것이 없었지요.

그러던 터에 어쩌다 붉은 살구가 있는 담장을 넘겨다보고는 그만 제가 먼저 마음을 바치고 말았고, 꽃 앞에서 한번 웃음 짓고는 평생의 인연을 맺어 장막 안에서 거듭 만나며 백년의 정을 쌓았습니다. 처음 만나던 시절을 얘기하다 보니 슬픔을 견딜 수 없군요.

백년해로할 것을 약속하고 함께 살았건만, 도중에 일이 어그러져 구덩이에 뒹굴게 될 줄 어찌 생각이나 했겠어요. 끝내 승냥이의 손에 몸을 망치지 않고 저 스스로 모래 구덩이에서 살을 찢기는 길을 택했지요. 이는 하늘의 이치로 보자면 당연한 것이지만, 인간의 정으로는 견디기 어려운 일입니다. 깊은 산에서 우리 부부가 헤어진 뒤 결국 서로 다른 곳으로 날아가는 두 마리 새와 같이 영영 떨어지게 되었으니, 한스럽고 한스러울 뿐이어요.

집은 사라지고 가족들은 모두 세상을 떠 이제 고단한 영혼이 의지할 곳 없으니 서글프기 그지없지만, 소중한 의리를 지키기 위해 가벼운 목숨을 버리고 치욕을 면할 수 있었으니 다행이지요. 마디마디 재가 되어 버린 제 마음을 누가 가여워해 줄까요? 갈기갈기 찢어진 제 창자에 원한만이 가득합니다. 제 해골은 들판에 널브러졌고, 간담은 땅에 뒹굴고 있어요.

가만히 생각해 보니 지난날의 기쁨과 즐거움이 오늘의 슬픔과 원한이 되고 말았네요. 하지만 지금 깊은 산골에 추연[43]의 피리 소리 들려오고, 천녀[44]의 혼령은 자기 몸을 찾아 돌아왔으니, 봉래도에서 기약한 만남[45]이 이루어지고, 취굴[46]에 삼생[47]의 향기가 가득합니다. 이제 다시 만났으니 지난날의 맹세를 저버리지 않으시기 바랍니다. 저를 잊지 않으셨다면 다시 행복하게 살아요. 허락해 주시겠어요?"

이생은 기쁘고도 마음이 뭉클해져 "그건 진정 내가 바라던 바라오!"라고 말했다.

꽃꽃꽃

43. 추연鄒衍 전국시대 제齊나라 사람으로, 추운 지방에서 피리를 불어 날씨를 따뜻하게 했다는 고사가 있다.

44. 천녀倩女 당나라 장일張鎰이란 사람의 막내딸로, 다음의 고사가 전한다. 어릴 때 천녀의 아버지가 천녀를 왕주王宙와 혼인시키기로 약속했으나 훗날 다른 사람에게 시집보내려 했다. 이에 천녀는 그만 병이 들어 의식 불명 상태에 빠졌는데, 몸에서 분리된 천녀의 혼령은 따로 천녀의 형상이 되어 왕주를 따라 촉蜀 땅으로 도망갔다. 그 뒤 5년 만에 천녀의 혼령이 집으로 돌아와 자신의 몸과 합하더니 본래의 천녀로 돌아오게 되었다. 이 고사를 소재로 한 「천녀유혼」이라는 영화도 있다.

45. 봉래도蓬萊島에서 기약한 만남 「만복사저포기」의 주 9 참조.

46. 취굴聚窟 신선이 산다는 섬 이름.

47. 삼생三生 전생前生, 현생現生, 내생來生.

두 사람은 정답게 이런저런 말을 하다가 집안 재산이 홍건적에게 탈취되었는지에 대해 이야기하게 되었다. 최씨가 말했다.

"재산은 조금도 잃지 않았어요. 아무 산 아무 골짜기에 묻어 두었 답니다."

이생이 또 물었다.

"양가 부모님의 유해는 어디에 있소?"

"아무 곳에 버려져 있어요."

두 사람은 서로 속마음을 다 토로하고 함께 잠자리에 들었다. 그 지극한 즐거움은 예전과 똑같았다.

이튿날 부부가 함께 재산을 묻었다는 곳을 찾아갔다. 땅을 파 보 니 과연 금은 몇 덩이와 그 밖의 재물이 있었다. 또 양가 부모의 시 신을 수습할 수 있었다. 되찾은 금과 재물을 팔아 마련한 돈으로 양 가 부모의 시신을 오관산⁴⁸ 기슭에 각각 합장했다. 봉분을 만들고 둘 레에 나무를 심은 뒤 제사를 올렸는데, 모든 일을 예법에 맞게 했다.

그 뒤 이생은 벼슬에 나아가지 않고 최씨와 함께 집에서 지냈다. 하인 중에 목숨을 건진 이들도 하나둘 집으로 돌아왔다. 이생은 이 제 세상사에 관심을 두지 않아 친척이나 어르신들의 경조사에도 가 보지 않고 집 안에 틀어박혀 있었다. 언제나 최씨와 함께 술잔을 기 울이며 시를 주고받을 뿐이었다. 이렇게 부부가 금실 좋게 지내는 동안 어언 몇 년의 세월이 흘렀다.

꽃꽃꽃꽃

48. 오관산五冠山 개성 송악산松岳山 동쪽에 있는 산 이름.

그러던 어느 날 밤에 최씨가 이생에게 말했다.

"세 번 아름다운 인연을 맺었건만 세상일이 마음처럼 되지 않는군요. 함께 누린 즐거움이 아직 다하지 않았는데, 슬프게도 이제 떠나야 할 시간이 되었어요."

그렇게 말하고는 오열했다. 이생이 놀라서 물었다.

"무슨 말이오?"

"하늘이 정한 운명은 피할 길이 없습니다. 옥황상제께서 저를 다시 내려보내신 것은 서방님과 저의 연분이 아직 끊어지지 않았고 제가 죄 없이 죽었기 때문이에요. 그래서 제게 인간의 형체를 빌려 주시며 잠시 이별의 아픔을 누그러뜨리게 하신 거지요. 오래도록 인간 세상에 머물러서 산 사람을 미혹해서는 안 된답니다."

최씨는 여종을 찾아 술상을 가져오게 한 뒤 「옥루춘」[49] 곡조에 노랫말을 새로 지어 이생을 위해 불렀다. 그 노래는 다음과 같았다.

눈앞 가득 창칼이 난무하는 곳에서
옥이 부서지고 꽃이 휘날리어 원앙이 짝을 잃었네.
흩어진 해골을 그 누가 묻어 줄까?
피 묻어 떠도는 혼은 하소연할 사람도 없네.

고당[50]에 한번 내려온 무산巫山의 신녀神女

꽃꽃꽃꽃

49. 「옥루춘」玉樓春 사패詞牌의 하나. 전단前段과 후단後段으로 이루어지며 55자체字體와 56자체가 있는데, 여기서는 56자체를 따랐다.

깨졌던 거울 다시 갈라지니[51] 마음이 참혹하네.

이제 한번 헤어지면 우리 사이 아득하니

이승과 저승 사이 소식이 끊어지겠네.

한 마디씩 노래를 할 적마다 두 줄기 눈물이 입으로 흘러 들어가 노래를 이어 가기도 힘겨웠다. 이생도 슬픔을 이기지 못하고 이렇게 말했다.

"나도 당신과 함께 구천九泉으로 가겠소. 당신 없이 나 혼자 살아 무엇 하겠소. 난리를 당한 뒤 친척과 하인이 모두 뿔뿔이 흩어지고 부모님의 유해가 들판에 버려졌을 때 당신이 없었다면 누가 수습해서 장례를 치를 수 있었겠소? 옛사람이 말하기를, '살아 계실 적에 예의를 다하여 섬기고, 돌아가신 뒤에 예의를 다하여 장례 지낸다'[52]고 했지요. 당신은 이 말을 실천했으니, 당신의 순수하고 효성스러운 천성과 도타운 인정 때문일 게요. 당신에 대해 감격하는 마음은 무궁하고, 나 스스로에 대한 부끄러움은 이루 다 말할 수 없구려. 인간 세상에 더 머물렀다가 백년 뒤에 함께 흙이 될 수는 없겠소?"

최씨가 말했다.

※※※※

50. 고당高唐 초나라의 운몽택雲夢澤이라는 연못에 있던 누대 이름. 초나라 회왕懷王이 여기서 낮잠을 자다 꿈에 무산巫山의 여신과 만나 사랑을 나누었다는 고사가 있다.

51. 깨졌던 거울 다시 갈라지니 죽어서 헤어진 뒤 다시 만나 몇 년을 살다가 다시 헤어지게 된 일을 말한다. 사랑하는 남녀나 부부가 헤어지는 것을 '거울이 깨졌다'고 하고, 우여곡절 끝에 다시 만나는 것을 '거울이 다시 합쳐졌다'고 한다.

52. 살아 계실~다하여 장례 지낸다 『논어』「위정」爲政에 나오는 공자孔子의 말.

"당신의 수명은 아직 수십 년이 더 남아 있어요. 저는 이미 귀신의 명부名簿에 이름이 올라 있어 더 이상 머물 수가 없답니다. 만일 제가 인간 세계를 그리는 마음에 저승의 법을 어기는 날에는 제가 벌 받는 것은 물론이고 당신께도 화가 미치게 돼요. 다만 한 가지 부탁드릴 것이 있어요. 제 시신이 아무 곳에 흩어져 있는데, 은혜를 베풀어 바람과 햇빛에 나뒹굴지 않도록 해 주었으면 해요."

두 사람은 마주 보고 눈물을 뚝뚝 흘렸다.

"몸조심하셔요, 부디 몸조심하셔요!"

최씨는 이 말과 함께 차츰 사라져 가더니 이내 자취를 감추었다.

이생은 최씨의 시신을 수습해 부모님의 묘 곁에 묻어 주었다.

장례를 지낸 뒤, 이생은 아내를 그리워하다 병이 들어 두어 달 만에 죽고 말았다. 그 소식을 들은 사람들이 모두 안타까움에 한숨지으며 이생과 최씨 부부의 절개와 의리를 높이 기렸다.

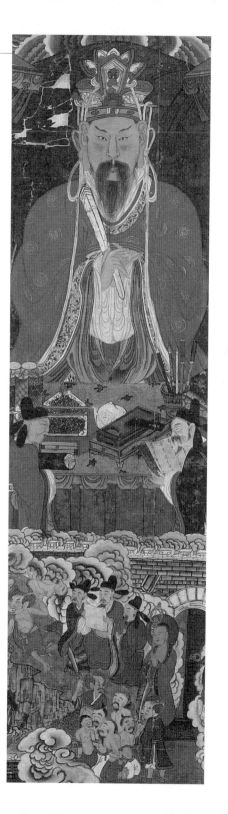

취유부벽정기

醉遊浮碧亭記

술에 취해 부벽정에서 놀다

평양은 고조선古朝鮮의 도읍이다. 주나라 무왕[1]이 상商나라를 멸망시키고 기자[2]를 방문하니 기자가 홍범구주[3]의 법을 일러 주었다. 그러자 무왕은 기자를 신하로 삼지 않고 이 땅의 제후로 봉封했다.

평양의 명승지는 금수산·봉황대·능라도·기린굴·조천석·추남허[4]인데, 모두 옛날의 유적이다. 영명사 부벽정[5]도 명승지 가운데 하나다.

꽃꽃꽃꽃

1. **무왕武王** 중국 주周나라의 초대 임금. 상商나라의 제후였던 문왕文王의 아들로, 기원전 1122년 상나라의 폭군 주왕紂王을 토벌하고 주나라를 세웠다.
2. **기자箕子** 상나라 말의 현인으로 상나라가 망하자 조선 땅으로 와서 기자조선箕子朝鮮을 세웠다는 설이 전하나 지금 한국 사학계는 이를 역사적 사실로 인정하지 않는다.
3. **홍범구주洪範九疇** '아홉 조항의 큰 법'이라는 뜻으로, 하夏나라 우왕禹王이 만들었다는 정치 도덕의 강령.
4. **금수산錦繡山~추남허楸南墟** '금수산'은 평양 북쪽에 있는 산이고, '봉황대'鳳凰臺는 평양 서쪽에 있는 누대이며, '능라도'綾羅島는 평양 동북쪽 대동강 가운데 있는 섬이다. '기린굴'麒麟窟은 금수산 부벽루浮碧樓 아래 있는 굴로, 고구려 동명왕東明王이 기린마麒麟馬를 타고 이곳으로 들어가 땅 밑을 거쳐 대동강 가운데 있는 조천석朝天石에서 승천했다는 전설이 있다. '조천석'은 '하늘에 조회하는 바위'라는 뜻으로, 기린굴 남쪽 대동강 가운데 있는 반석盤石이다. '추남허'는 평양시 청암동에 있는 산으로, 가래나무[楸]가 많던 마을 남쪽에 솟아 있어 이리 불렸다.
5. **영명사永明寺 부벽정浮碧亭** '영명사'는 금수산에 있던 절. 영명사 경내境內의 '부벽정', 곧 부벽루浮碧樓는 금수산 모란봉 동쪽 대동강 가에 있는 누정樓亭.

영명사는 바로 동명왕東明王의 구제궁[6]이 있던 자리에 있으니, 평양
성 밖 동북쪽으로 20리 떨어진 곳이다. 긴 강을 굽어보고 평원이 멀
리 바라보이는데, 한눈에 다 볼 수 없을 정도로 아득하고 넓어 끝이
없으니, 참으로 빼어난 경치다. 화려하게 꾸민 놀잇배나 장삿배가
저물녘 대동문[7] 밖 버드나무 강가에 정박하면 사람들은 상류 쪽으로
거슬러 올라와 이곳에서 풍경을 보며 실컷 즐기다가 돌아간다.

부벽정 남쪽에는 돌을 깎아 만든 계단이 있다. 왼쪽 계단은 청운
제靑雲梯, 오른쪽 계단은 백운제白雲梯인데, 돌에 그 이름을 새기고 돌
기둥을 세워 놓아 호사가들의 구경거리가 되었다.

천순[8] 연간 초년 송경松京(개성開城)에 홍생洪生이라는 부자가 있었
다. 젊고 용모가 아름다웠으며, 풍격이 있고 문장도 잘 지었다.

홍생은 추석을 맞아 여인과 풍류를 즐기려[9] 친구들과 함께 기성箕

※※※※

6. **구제궁九梯宮** 동명왕의 궁전. 영명사 자리에 있었다고 한다.
7. **대동문大同門** 평양성의 동남쪽 문.
8. **천순天順** 명나라 영종英宗의 연호로 1457년에서 1464년까지이며, 조선 세조世祖 재위 기간에 해
   당한다.
9. **여인과 풍류를 즐기려** 원문은 "抱布貿絲"(베를 가지고 와서 명주실을 사다)로, 『시경』 위풍衛風
   「맹」氓의 "어리석은 남자/베를 갖고 명주실을 사러 왔네/사실은 명주실을 사러 온 게 아니라/내
   게 수작을 부리러 왔네"(氓之蚩蚩, 抱布貿絲. 匪來貿絲, 來即我謀)에 나오는 말이다. 이 말은 '무역
   을 한다'는 뜻으로도 쓰이지만, '여자에게 수작을 부리다', '여자를 꾀다'라는 뜻으로도 쓰인다. 여
   기서는 후자의 용례로 쓰였다고 판단된다. 홍생은 부자라고 했는데, 그렇다면 당시의 관습으로 볼
   때 하인을 시켜 장사를 할 일이지 본인이 스스로 장사를 하러 나갈 리 없다. 더군다나 부자가 추
   석을 맞이해 장사를 나갈 리 만무하다. 홍생은 추석을 맞이해 평양에 놀러 갔다고 봐야 옳다. 작
   품 내용 가운데 장사와 관련된 말이 일언반구도 없다는 사실 역시 이를 뒷받침한다. 이렇게 봐야
   홍생이 선녀인 기씨녀箕氏女를 만나 시를 주고받으며 회포를 푸는 것을 주된 서사로 삼고 있는 이
   작품을 잘 이해할 수 있다. 종래의 번역에서는 대개 홍생이 장사하러 평양에 간 것이라고 했는데,
   홍생은 상인이 아니라 시를 잘 짓는 선비라 할 것이다. 기씨녀가 홍생을 "문사"文士라고 한 데서

城(평양)에 왔다. 배를 강가에 정박하자 평양의 이름난 기녀들이 모두 성문 밖에 나와 추파를 던졌다.

평양에 살던 친구 이생李生이 잔치를 베풀어 홍생을 위로했다. 홍생은 거나하게 취해서 배로 돌아왔다. 밤이 서늘해 잠을 이루지 못하다가 문득 장계의 「풍교야박」[10]이 떠올랐다. 맑은 흥취를 참을 수 없어 작은 배를 타고 달빛 아래 노를 저었다. 물을 거슬러 올라가다가 흥이 다하면 돌아올 요량이었는데,[11] 도착하고 보니 부벽정 아래였다.

홍생은 갈대숲에 닻줄을 맨 뒤 계단을 밟고 부벽정에 올랐다. 난간에 기대 먼 곳을 바라보며 낭랑한 소리로 시를 읊고 휘파람을 맑게 불었다. 달빛이 바다처럼 넓고 물결이 하얀 비단처럼 빛났으며, 기러기가 물가에서 끼룩끼룩 울고 학이 소나무에 내린 이슬을 경계해 큰 소리로 울었다.[12] 마치 월궁月宮이나 옥황상제의 궁궐에 오른 듯 장엄했다.

옛 도읍을 바라보니 하얀 성가퀴[13]가 안개에 잠겨 있고 외로운 성

그 점이 확인된다.

10. 장계張繼의 「풍교야박」楓橋夜泊 당나라 시인 장계의 7언 절구. 전문은 다음과 같다. "달 지고 까마귀 울어 서리가 하늘에 가득한데/강가의 단풍나무와 고깃배 불빛에 시름겨워 잠 못 이루네/고소성 밖 한산사/한밤중 종소리가 나그네 배에 이르네."(月落烏啼霜滿天, 江楓漁火對愁眠. 姑蘇城外寒山寺, 夜半鐘聲到客船.) '풍교'는 강소성江蘇省 소주蘇州 서쪽 교외에 있는 다리 이름이고, '고소'姑蘇는 소주의 옛 이름이다.

11. 흥이 다하면 돌아올 요량이었는데 동진東晉의 왕휘지王徽之가 눈 내린 달밤에 문득 벗 대규戴逵가 보고 싶어 즉시 배를 저어 그 문 앞까지 갔다가 그만 흥이 다해 만나 보지 않고 그냥 돌아왔다는 고사가 있기에 한 말.

12. 학이 소나무에~큰 소리로 울었다 학은 천성이 기민해 8월에 이슬이 내리면 이를 경계해 서로 큰 소리로 울며 거처를 옮기기에 한 말.

에 물결만 철썩거리고 있었다. 홍생은 망국의 슬픔이 일어 시 여섯
수를 지었다.

　　대동강 정자에 올라 못 읊을레라
　　흐느끼는 강물 소리 애간장 끊어.
　　옛 수도에 제왕의 기운 사라졌지만
　　황량한 성은 지금도 봉황의 모습 띠고 있네.
　　강가의 모래에 달빛 희니 돌아가는 기러기 아스라하고
　　안개 걷힌 뜨락 풀에 반딧불이 점점이 나네.
　　세상 바뀌어 풍경도 쓸쓸한데
　　한산사에서 종소리 들려오누나.[14]

　　왕궁의 가을 풀 서늘하고 처량한데
　　구름에 가린 구불구불한 돌계단은 길이 더욱 아득하네.
　　기관[15]의 옛터에 냉이가 무성한데
　　성가퀴에 달이 이울고 밤 까마귀가 우네.
　　성대했던 풍류는 티끌이 되고

꒙꒙꒙꒙
13. **하얀 성가퀴**　흰 석회를 발라 성 위에 낮게 덧쌓은 담.
14. **한산사寒山寺에서 종소리 들려오누나**　「풍교야박」의 "고소성 밖 한산사/한밤중 종소리가 나그네
　　배에 이르네"라는 구절을 환골탈태했다. '한산사'는 중국 강소성 소주에 있는 절인데, 여기서는
　　평양의 영명사를 가리킨다.
15. **기관妓館**　기생집을 말하는데, 여기서는 교방敎坊을 가리키는 듯하다. '교방'은 고려 시대에 속
　　악俗樂(자국 음악)과 당악唐樂(중국 음악)에 따라 가무를 하는 기녀들을 가르치고 관장하던 기관
　　이다.

적막한 빈 성에 남가새¹⁶만 가득하네.

오직 강물만 의구히 울며

도도히 흘러 바다로 가네.

대동강 물은 쪽빛보다 푸르거늘

천고 흥망의 한恨 견디지 못하겠네.

물 마른 우물에는 덩굴만 드리웠고

이끼 낀 석대石臺는 버드나무 녹나무가 에워쌌네.

타향의 좋은 경치에 1천 수 시를 읊고

옛 나라 감회에 술이 반쯤 취했네.

달 밝아 난간에 기대어 잠 못 이루는데

깊은 밤 향긋한 계수나무¹⁷ 꽃 어지러이 지네.

한가위 달빛은 정말 고운데

한 번 외로운 성 바라보고 한 번 슬퍼하네.

기자묘¹⁸ 뜨락엔 큰 나무 늙었고

단군사¹⁹ 벽에는 여라²⁰가 얼기설기.

---

16. **남가새** 물가의 모래땅에 나는 풀.
17. **계수나무** 목서木犀를 가리킨다. 가을에 꽃이 피는데. 아주 좋은 향기가 난다.
18. **기자묘箕子廟** 기자의 사당. 고려 숙종肅宗(재위 1095~1105) 때 평양에 세웠다.
19. **단군사檀君祠** 단군의 사당. 조선 세종 때 평양에 건립하고 봄가을로 제사 지냈다.
20. **여라女蘿** 이끼의 하나로 깊은 산속의 나무 위에 난다. 실같이 가늘며 줄기에 붙어 자라기도 하고 가지 아래로 길게 늘어지기도 한다.

적막해라 그 영웅들 지금 어디 있고
희미한 초목은 몇 해나 됐나.
옛날의 둥그런 달만 남아서
맑은 빛 흘러나와 옷깃 비추네.

동산에 달 뜨니 까막까치 나는데
밤 깊어 찬 이슬이 옷을 적시네.
천 년의 문물이언만 의관²¹은 다 사라지고
만고의 산하山河건만 성곽은 그렇지 못하네.
동명성왕東明聖王 하늘에 올라 돌아오지 않으니
세상에 내려온 이야기 무엇에 의거할까.
금수레와 기린마麒麟馬 자취 사라져
풀 우거진 연로²²에 승려 홀로 지나가네.

서늘한 가을이라 이슬 내려 뜨락의 풀 시들었는데
청운교와 백운교²³ 마주 서 있네.
수나라 병사의 넋은 여울에 울고²⁴

꿘꿘꿘꿘

21. **의관衣冠** 문명과 예법을 가리키는 말.
22. **연로輦路** 임금의 행차 길.
23. **청운교靑雲橋와 백운교白雲橋** 부벽루 남쪽의 청운제靑雲梯와 백운제白雲梯를 가리킨다.
24. **수隋나라 병사의~여울에 울고** '수나라 병사의 넋'은 고구려 을지문덕의 살수대첩薩水大捷 때 전사한 수나라 군사의 원혼을 가리킨다. '살수'를 청천강淸川江이 아니라 대동강으로 보아 한 말이다.

76

동명왕의 넋은 슬피 우는 쓰르라미 되었네.
안개 낀 큰길에 임금 행차 끊어졌고
소나무 누운 행궁[25]에 저녁 종소리 들리네.
정자에 올라 시 읊은들 누가 들어 주랴만
달 밝고 바람 맑아 흥이 사라지지 않네.

　홍생은 시를 다 읊더니 손뼉을 치고 일어나 너울너울 춤을 추었다. 한 구절을 읊조릴 때마다 몇 번이나 한숨을 쉬었다. 비록 뱃전을 두드리고 피리를 불며 화답하는 즐거움은 없었으나 마음에 감개感慨가 있어 깊은 구렁에 잠긴 용도 춤추게 하고 외딴 배에 탄 과부도 눈물 흘리게 할 만했다.[26]

　시를 읊고 돌아가려 하니 어느덧 밤 12시 무렵이었다. 문득 발자국 소리가 서쪽으로부터 가까이 들려왔다. 홍생은 영명사의 승려가 시 읊는 소리를 듣고 의아히 여겨 온 것이리라 생각하고 앉아 기다렸는데, 나타난 사람은 아름다운 여인이었다. 두 시녀가 여인을 좌우에서 모시고 따라왔는데, 한 사람은 옥자루가 달린 먼지떨이를 들었고, 또 한 사람은 얇은 비단부채를 들었다. 여인은 위엄 있고 단정해서 귀한 집의 처녀 같았다.

　홍생은 계단을 내려가 담장 틈에 몸을 숨기고 그들의 거동을 살폈다. 여인은 남쪽 난간에 기대어 달을 보며 작은 소리로 시를 읊었는

❧❧❧❧

25. **행궁**行宮　임금이 나들이 때 머물던 별궁.
26. **깊은 구렁에~할 만했다**　소동파蘇東坡의 「적벽부」赤壁賦에서 따온 말.

데, 그 풍치와 태도가 엄연하니 법도가 있었다. 시녀가 비단 방석을 바치자 여인은 낯빛을 고치고 자리에 앉아 낭랑한 목소리로 말했다.

"여기서 시 읊던 분이여! 지금 어디 계시는지요? 나는 꽃과 달의 요정[27]도 아니고, 걸음마다 연꽃이 피어나던 여인[28]도 아니랍니다. 다행히 오늘 밤 만 리 하늘에 구름이 걷혀 밝은 달이 비치고 은하수가 맑은 데다 계수나무 열매가 떨어지고 월궁[29]이 서늘하니 술 한 잔과 시 한 수로 그윽한 정을 펼쳐 보려고 해요. 이리 좋은 밤을 그냥 보내겠어요?"

홍생은 한편으로 두렵고 한편으로는 기뻐 머뭇거리고 있다가 작은 헛기침 소리를 냈다. 시녀가 소리 나는 데를 찾아와 말했다.

"주인아씨가 모셔 오라고 하십니다."

홍생이 공손히 나아가 절하고 꿇어앉았다. 여인은 크게 공경하지 않는 태도로 이렇게 말할 뿐이었다.

"그대도 이리 올라오십시오."

시녀가 낮은 병풍으로 두 사람 사이를 가려 얼굴이 반만 보였다. 여인이 조용히 말했다.

"그대가 읊은 시는 무슨 내용인가요? 나에게 들려주세요."

---

27. **꽃과 달의 요정** 원문은 "花月之妖"(화월지요)로, 당나라 고종의 황후 측천무후則天武后의 조카인 권신 무삼사武三思의 첩 소아素娥를 이르는 말.

28. **걸음마다 연꽃이 피어나던 여인** 남조南朝 제齊나라 양제煬帝(재위 498~501)의 후궁인 반귀비潘貴妃, 곧 반옥아潘玉兒를 말한다. 양제가 반귀비를 위해 호화로운 궁전 세 채를 짓고 땅에 황금으로 만든 연꽃을 붙인 뒤 반귀비가 황금 연꽃을 밟으며 걷게 하고는 "걸음마다 연꽃이 피어난다"고 말했다는 고사가 『남사』南史 「제동혼후기」齊東昏侯紀에 보인다.

29. **월궁月宮** 달에 있다는, 옥으로 만든 궁전.

홍생이 하나하나 읊자 여인이 웃으며 말했다.

"그대는 함께 시를 논할 만한 분이군요."[30]

여인은 즉시 시녀에게 분부해 술을 한 잔 올리게 했다. 술상의 음식은 인간 세상의 것과 달라 먹으려 해도 딱딱해서 먹을 수 없고, 술도 맛이 써서 마실 수 없었다. 여인이 빙그레 웃으며 말했다.

"속세의 선비가 어찌 백옥례와 홍규포[31]를 알겠습니까?"

여인이 시녀에게 명했다.

"어서 신호사에 가서 절밥을 조금 얻어 오너라."[32]

시녀가 분부를 받고 가더니 곧 절밥을 얻어 왔는데, 밥뿐이고 반찬이 없었다. 여인이 또 시녀에게 명했다.

"주암에 가서 반찬을 얻어 오거라."[33]

시녀가 곧 잉어구이를 얻어 왔다. 홍생은 식사를 했다. 식사하고 나니 여인은 이미 홍생의 시에 화답하는 시를 지어 계전[34]에 써 두었

✄ ✄ ✄ ✄

30. 함께 시를~만한 분이군요 『논어』論語「팔일」八佾에서 따온 말.

31. 백옥례白玉醴와 홍규포紅虬脯 '백옥례'는 도교 전설에 나오는 불로장생의 선약仙藥이고, '홍규포'는 용의 고기를 말린 신선 세계의 음식을 가리킨다.

32. 어서 신호사神護寺에~얻어 오너라 이 구절 뒤에 "절은 나한상羅漢像이 있는 곳이다"(寺羅漢像在處)라는 세주細注가 달려 있다. 이 주는 김시습이 붙인 것으로 보인다. 김시습은 금오산 시절에 쓴 『청한잡저 2』清寒雜著二에도 이런 세주를 달아 놓았다. '신호사'는 평양 창광산蒼光山에 있던, 고려 시대 평양의 대표적인 사찰이다. 고려 숙종 때인 1102년 임금이 몸소 신호사에 와서 오백나한재五百羅漢齋를 베풀었다는 기록이 『고려사』高麗史에 보인다.

33. 주암酒巖에 가서~얻어 오거라 이 구절 뒤에 "바위 아래 못이 있는데, 용이 있는 곳이다"(巖下有湫龍在處)라는 세주가 달려 있다. '주암'은 부벽루 동쪽의 주암산酒巖山을 말한다. 주암산의 바위틈에서 술이 흘러나왔다는 전설이 있다. 요즘 명주로 꼽히는 문배주는 본래 주암산 물로 빚었다.

34. 계전桂箋 계수나무로 만든 종이. 달나라에 계수나무가 있다는 전설을 염두에 두고 한 말이다.

다가 시녀를 시켜 홍생에게 건넸다. 그 시는 다음과 같다.

부벽정 오늘 밤 달빛 밝은데
맑은 이야기에 감개가 이네.
희미한 나무 빛 푸른 일산日傘처럼 펼쳐 있고
넘실넘실 흐르는 강물 흰 비단 치마처럼 둘렀네.
세월은 나는 새처럼 훌쩍 지나가고
세상일은 흐르는 물 같아 자주 놀라네.
오늘 밤의 이 마음 그 누가 알까
절[35] 너머 종소리 들려오누나.

옛 성 남쪽 바라보니 대동강이 또렷한데
푸른 물 흰 모래밭에 기러기 떼 우네.
기린마 오지 않고 용龍도 이미 떠나가
음악[36] 끊어진 곳에 흙무덤만 남았네.
비 머금은 산 기운에 시 쉬이 지어
인적 없는 들판의 절에서 반쯤 술에 취하네.
가시덤불에 묻힌 낙타 동상[37]을 어찌 차마 보리

❧❧❧

35. **절** 원문은 "煙蘿"(연라)로, 은거하거나 수행하는 곳을 이르는 말인데 여기서는 절, 즉 영명사를
가리킨다.
36. **음악** 원문은 "鳳吹"(봉취)로, 아름다운 음악을 가리키는 말.
37. **가시덤불에 묻힌 낙타 동상銅像** 나라가 멸망해 황폐한 풍경을 뜻한다. 후한後漢 때부터 수도 낙
양洛陽의 궁문 앞에 9척 높이의 낙타 동상이 한 쌍 있었는데, 서진西晉의 장군 색정索靖이 장차

천년의 자취 모두 뜬구름이 되었네.

풀 밑에서 귀똘귀똘 귀또리 우는데
높은 정자에 오르니 생각이 아득하네.
비 그치고 구름 흩어지매³⁸ 옛일에 상심하고
꽃잎 져 강물에 흐르니 지난 세월 서글프네.
물결에 가을 기운 높아 밀물 소리 웅장하고
강물에 어린 누각에 달빛이 처연하네.
그 옛날 문물이 성대했던 땅이거늘
황량한 성 성근 숲에 애간장이 끊어지네.

금수산에는 금수가 쌓이고³⁹
옛 성 모퉁이에 강가의 단풍이 어리비치네.
툭탁툭탁 어디서 들려오는 다듬이 소리 괴로운데
어기여차 뱃노래 부르며 고깃배 돌아오네.
바위 옆 늙은 나무에는 덩굴이 얽혀 있고
풀밭에 쓰러진 비석에는 이끼가 덮였네.
난간에 기대어 말없이 옛일에 상심하니

나라가 어려워질 것을 알고 낙타 동상을 향해 "너희가 가시덤불 속에 묻힌 모습을 보겠구나!"라
고 탄식했다는 고사에서 유래하는 말이다.
38. 비 그치고 구름 흩어지매 원문은 "斷雨殘雲"(단우잔운)으로, 남녀의 사랑이 중도에 끊겨 기쁨이
지속되지 못함을 비유하는 말.
39. 금수산錦繡山에는 금수錦繡가 쌓이고 금수산에 단풍이 들어 울긋불긋 곱다는 말.

달빛과 파도 소리 그 모두 슬픔.

듬성듬성 별들이 옥경[40]에 반짝이는데
은하수 맑고 달빛이 뚜렷하네.
좋은 일 모두 허사임을 이제야 알겠나니
이승에서 만나야지 다음 생 어이 기약하나.
좋은 술 한 동이에 취함이 마땅
풍진세상에 삼척검 뽑아[41] 뭐 하나.
만고의 영웅 모두가 티끌이 되고
죽은 뒤 헛되이 이름만 남았네.

밤이 얼만가? 장차 다하려 하는데
성가퀴의 이우는 달 둥글기도 하지.
그대는 본래 두 번을 더 태어나야 하거늘[42]
나를 만나 외려 천일千日의 즐거움을 얻었네.[43]

※※※※

40. **옥경**玉京   도교에서 옥황상제가 산다고 하는 곳.
41. **풍진세상**風塵世上에 **삼척검**三尺劍 뽑아   영웅의 위업을 말한다. 당나라 때의 시인 두보杜甫의 시
    「소릉昭陵(당나라 태종太宗의 능)을 다시 지나며」(重經昭陵) 중 "풍진세상에 삼척검 뽑아 들고/
    종묘사직 위해 갑옷을 입었네"(風塵三尺劍, 社稷一戎衣)에서 따온 말. 두보는 이 시에서 난세를
    평정하고 당나라를 창업한 태종의 영웅적 풍모를 기렸다.
42. **두 번을 더 태어나야 하거늘**   원문은 "雨塵隔"(양진격)으로, 신선이 되려면 아직도 두 번 더 생을
    받아 세상에 태어나야 한다는 뜻. 『태평광기』太平廣記 '신선'神仙에 나오는 당나라 위자위韋子威
    의 고사에서 따온 말이다.
43. **나를 만나~즐거움을 얻었네**   하룻밤 잠시 신선을 만난 일이 인간 세상의 시간으로는 천 일에 해
    당한다는 말.

강가의 아름다운 누각에 사람들 흩어지고

섬돌 앞의 아름다운 나무에 첫 이슬 내리네.

차후 다시 만날 날 알고 싶은지?

봉래산 복숭아 익고[44] 바다가 마르는 때라오.

　홍생은 여인의 시를 얻어 기뻤지만 여인이 돌아갈까 염려되었다. 그래서 이야기를 나눠 붙잡아 둘 생각으로 물었다.

　"성씨와 족보族譜를 감히 여쭙니다."

　여인이 한숨을 쉬고 대답했다.

　"나는 은殷나라 왕의 후예 기씨箕氏의 딸입니다. 나의 선조(기자)께서 이 땅의 제후가 되어 예악과 형법을 모두 탕왕[45]의 가르침에 따르고, 8조의 법[46]으로 백성을 가르치시니, 성대한 문물이 천 년 넘게 이어졌습니다. 그러나 하루아침에 나라의 운명이 쇠하여 갑자기 재앙이 닥쳐왔습니다. 선친[47]께서는 필부匹夫의 손에 패해 마침내 종묘사직을 잃고 말았고, 위만[48]이 이때를 틈타 보위寶位를 훔쳐 조선(기자

<hr>

꽃꽃꽃꽃

44. 봉래산蓬萊山 복숭아 익고　'봉래산'은 신선이 산다는, 바닷속의 산. '복숭아'는 3천 년에 한 번 열매 맺는다는 신선 세계의 복숭아, 곧 '반도'蟠桃를 말한다. 곤륜산崑崙山에 산다는 선녀 서왕모西王母가 반도를 내놓고 잔치를 벌였다는 전설이 있다.

45. 탕왕湯王　중국 상商나라를 세운 임금. 하夏나라의 폭군 걸왕桀王을 내쫓고 왕위에 올랐다.

46. 8조條의 법　기자箕子의 팔조금법八條禁法, 곧 여덟 조목의 금지 조항을 담은 고조선의 법률. 살인, 상해, 절도, 간음 등을 금하는 내용을 담았다.

47. 선친　기자조선의 마지막 왕인 준왕準王을 말한다. 기원전 2세기경 위만衛滿에게 나라를 빼앗기고 남쪽으로 내려와 한왕韓王이 되었다는 기록이 『사기』史記「조선 열전」朝鮮列傳에 전한다.

48. 위만衛滿　위만조선衛滿朝鮮의 초대 임금. 한나라 고조高祖가 중국을 통일한 뒤 연왕燕王에 봉했던 노관盧綰이 흉노匈奴에 투항해 연燕 땅이 혼란에 빠지자 1천 명의 망명자를 거느리고 기자조

조선)의 왕업이 끊어졌습니다. 나는 이 혼란한 시기에 정절을 지키고
자 죽음만을 기다렸습니다. 그때 홀연 신인神人(단군)이 나타나 나를
위무하며 말씀하셨습니다.

'나는 이 나라의 시조다. 나라를 다스린 뒤에 바다에 있는 섬으로
들어가 불로장생하는 신선이 된 지 벌써 수천 년이 지났다. 너는 나
를 따라 현도 자부[49]에서 유유자적 즐겁게 노닐 수 있겠느냐?'

내가 그러겠다고 하자 신인께서 마침내 나를 인도해 처소로 데려
가셨습니다. 그러고는 그곳에 별당을 지어 나를 머물게 하시고, 내
게 현주[50]의 불사약을 주셨습니다. 불사약을 먹은 지 며칠이 지나자
문득 몸이 가벼워지고 기운이 강건해지면서 우득우득 뼈가 바뀌는[51]
것 같았습니다. 그 뒤로 구해에 노닐고 육합을 두루 다니면서 동천
복지며 십주와 삼도[52]며 유람하지 않은 곳이 없습니다.

하루는 가을 하늘이 청명해 옥우[53]가 깨끗하고 달빛이 물처럼 맑
아 섬계[54]를 쳐다보니 표연히 먼 곳으로 떠나고 싶은 생각이 들었습
니다. 마침내 월굴月窟(달)에 올라 청허부 광한전[55]에 들어가 수정궁

선에 귀순해 준왕의 신하가 되었다가 모반을 일으켜 나라를 빼앗았다. 『사기』에서는 위만이 중
국 연燕나라 사람이라 했으나 요동遼東 지역의 조선인 계통이라는 설도 있다.

49. 현도玄都 자부紫府 천상의 신선 세계.

50. 현주玄洲 도교에서 신선이 산다고 하는 십주十洲의 하나로, 북해北海에 있는 섬.

51. 우득우득 뼈가 바뀌는 환골탈태하는 것을 말한다. 도교에서 신선이 될 때 겪는 일이다.

52. 구해九垓에 노닐고~십주十洲와 삼도三島 '구해'는 중앙과 팔방八方의 모든 땅을 말하고, '육합'
六合은 천지와 동서남북을 말하며, '동천복지'洞天福地는 신선들이 산다는 기운이 좋은 땅을 말
한다. '십주'는 바다에 있는 열 개의 섬인 조주祖洲·영주瀛洲·현주玄洲·취굴주聚窟洲 등을 말
하고, '삼도' 역시 바다에 있는 섬으로, 봉래도蓬萊島·방장도方丈島·영주도瀛洲島를 말한다.

53. 옥우玉宇 월궁月宮에 있다는, 옥으로 만든 궁전.

54. 섬계蟾桂 달을 이른다. 달에 두꺼비와 계수나무가 있다고 해 이리 일컫는다.

에 있는 항아[56]를 뵙고 인사 드렸습니다. 항아는 내가 정절이 있고 글을 잘한다고 여겨 이렇게 권유했습니다.

'하토下土(인간 세계)의 선경仙境이 비록 복지福地라고는 하나 결국은 진세塵世에 불과하니, 푸른 하늘에 올라 흰 난새를 타고 계수나무 맑은 향기를 맡고 허공의 차가운 달빛을 마시면서, 옥경玉京에서 노닐며 은하수에서 헤엄치는 것만 하겠느냐?'

그러고는 즉시 나를 향안 시녀[57]로 삼아 곁에서 모시게 하니, 그 즐거움은 이루 다 말할 수 없습니다.

오늘 밤 문득 고향 생각이 나서 인간 세상을 굽어보다가 고향 땅을 자세히 보니, 산천은 그대로지만 사람은 예전 사람이 아니더군요. 밝은 달빛이 먼지 덮인 세상을 가리고 맑은 이슬이 더러운 것을 씻었기에 하늘을 하직하고 훌훌 내려와 선조의 산소에 참배했습니다. 그리고 나서 강가의 정자(부벽정)에서 완상玩賞하며 회포를 풀어 보려 하던 중 문사文士를 만나니 한편으로 반갑고 한편으로 부끄러웠습니다. 그대의 아름다운 시에 의지해 감히 노둔한 필치를 펼쳐 보긴 했지만, 시에 능해서가 아니라 그저 마음을 읊었을 뿐입니다."

홍생이 두 번 절하고 머리를 조아리며 말했다.

"하토의 어리석은 사람으로서 초목과 함께 썩을 몸이거늘, 어찌

55. **청허부淸虛府 광한전廣寒殿** '청허부'는 '청허전'淸虛殿을 말한다. 모두 달나라에 있다는 궁전이다.
56. **수정궁水晶宮에 있는 항아姮娥** '수정궁'은 수정으로 지은 궁전을 말하고, '항아'는 달나라에 산다는 선녀다.
57. **향안香案 시녀** 향안, 곧 향로를 올려놓는 탁자를 관리하는 시녀.

감히 왕손王孫이신 천녀天女(선녀)와 시를 주고받을 줄 생각이나 했겠습니까?"

홍생은 자리 앞으로 나아가 시를 일람一覽했다. 그러고는 엎드려 말했다.

"어리석은 저는 묵은 업[58]이 많아 신선의 음식은 먹을 수 없으나 다행히 글자를 조금 알아 선녀께서 지으신 시[59]를 대략 이해했으니, 참으로 기이한 일입니다. 네 가지 아름다움[60]을 갖추기란 어려운 일입니다. 청컨대 다시 '강정추야완월'江亭秋夜翫月(강가의 정자에서 가을밤에 달을 완상하다)이라는 제목의 40운시[61]를 지어 가르침을 주셨으면 합니다."

선녀는 고개를 끄덕이더니 붓을 적셔 한 번 휘둘렀는데, 그 글씨가 구름과 안개가 서로 얽힌 듯 생동했다. 금방 다음과 같은 시가 완성되었다.

달 밝은 밤의 강가 정자
아득한 하늘에서 이슬 내리네.
맑은 달빛 은하수에 잠기고

꙾꙾꙾

58. **묵은 업業** 원문은 "宿業"(숙업)으로, 전생의 업을 뜻하는 불교 용어다.

59. **선녀께서 지으신 시** 원문은 "雲謠"(운요)로, 「백운요」白雲謠를 말한다. 「백운요」는 주周나라 목왕穆王이 곤륜산 요지瑤池에서 서왕모와 만나 잔치를 벌이고 헤어질 때 서왕모가 목왕을 축원하는 뜻으로 지어 주었다는 이별시다.

60. **네 가지 아름다움(四美)** 좋은 시절(良辰), 아름다운 경치(美景), 즐기는 마음(賞心), 즐거운 일(樂事), 이 넷을 말한다.

61. **40운시韻詩** 짝수 구절의 끝에 들어가는 운자韻字가 40개인 총 80구의 장시長詩를 말한다.

천지의 맑은 기운 오동나무와 가래나무를 덮네.

삼천계三千界에 맑고 깨끗하며

열두 누각 곱게 비추네.[62]

작은 구름에 티끌 한 점 없고

산들바람이 두 눈을 씻어 주네.

넘실넘실 흐르는 물 따라

아스라이 배가 떠 가네.

선창으로 엿보니

갈대꽃 핀 모래톱에 비치누나.[63]

「예상우의곡」[64]을 듣는 듯싶고

옥도끼로 다듬은 물건[65] 보는 듯싶네.

용궁에는 조개의 진주가 잉태하고[66]

염부주에는 환한 빛[67]이 쏟아지네.

❀❀❀❀

62. **삼천계三千界에 맑고~곱게 비추네** 달빛이 그러하다는 말. '삼천계'는 불교에서 말하는 삼천대
천세계三千大千世界, 즉 온 세계를 이른다. 뒤에 '염부주'가 나오는 것으로 보아 넓은 범위를 먼
저 말한 다음 좁은 범위를 말하는 어법을 취했음을 알 수 있다. 종래에는 '삼천리 우리나라'를 가
리키는 말로 번역해 왔는데, 오역이다. '열두 누각'은 신선들이 산다는 열두 개의 누각을 말한다.

63. **갈대꽃 핀 모래톱에 비치누나** 달이 비친다는 말.

64. **「예상우의곡」霓裳羽衣曲** '예상우의'霓裳羽衣는 신선의 옷을 말한다. 당나라 현종玄宗이 꿈에 월
궁에서 노닐다가 예상우의를 입은 선녀가 노래를 부르며 춤을 추는 모습을 본 뒤 이 곡의 가사를
지었다는 고사가 전한다.

65. **옥도끼로 다듬은 물건** 달을 가리킨다.

66. **조개의 진주가 잉태하고** 예전에 진주가 달이 차고 기우는 데 따라 생기고 자란다고 믿은 데서
한 말.

67. **염부주炎浮洲에는 환한 빛** '염부주'는 인간이 사는 세계를 가리키는 불교 용어. 수미산須彌山을
둘러싸고 있는 사방의 바닷속에 사대주四大洲가 있는데, 동쪽은 승신주勝身洲, 서쪽은 우화주牛
貨洲, 남쪽은 염부주, 북쪽은 구로주俱盧洲라 한다고 한다. '환한 빛'은 원문이 "犀暈"(서훈)으로,

지미와 완상하고

공원을 따라 노닐고 싶네.⁶⁸

차가운 빛에 위나라 까치 놀라고⁶⁹

그림자에 오나라 소가 헐떡거리네.⁷⁰

푸른 산 모퉁이에 은은하고

푸른 바닷가에 둥그렇게 떴네.

그대와 함께 문을 열고

흥이 올라 주렴을 걷어 올리네.

이백은 술잔을 멈추고⁷¹

오강은 계수나무 베네.⁷²

흰 병풍 찬란히 빛나고

무소의 뿔을 태울 때 나는 밝은 빛을 말하는데, 여기서는 환한 달빛을 가리킨다.

68. **지미知微와 완상하고~노닐고 싶네** '지미'는 당나라 의종懿宗 때의 도사로, 추석날 도술을 부려 비를 그치게 한 뒤 제자들과 함께 달구경을 하며 즐겼다는 고사가 『태평광기』에 전한다. '공원' 公遠은 당나라 현종 때의 도사로, 추석날 밤에 궁중에서 달구경을 하던 현종을 데리고 월궁에 올라 수백 명의 선녀가 「예상우의곡」에 맞춰 춤을 추는 모습을 보였다는 전설이 『태평광기』에 전한다.

69. **차가운 빛에~까치 놀라고** 위魏나라 무제武帝 조조曹操가 지은 「단가행」短歌行의 "달 밝아 별빛이 희미한데/까마귀와 까치들 남쪽으로 날아가네/나무를 몇 바퀴 맴돌거늘/어느 가지에 의지하려나"(月明星稀, 烏鵲南飛. 繞樹三匝, 何枝可依)라는 구절을 염두에 두고 한 말.

70. **그림자에 오吳나라 소가 헐떡거리네** 남방 오나라의 물소가 한낮의 뜨거운 햇볕 때문에 괴로워하다가 달을 보고도 해인 줄 알고 두려워 숨을 헐떡였다는 고사가 있다.

71. **이백李白은 술잔을 멈추고** 당나라 이백의 시 「술잔을 잡고 달에게 묻네」(把酒問月) 중 "푸른 하늘의 달이여 언제 왔는가/나 지금 술잔 멈추고 네게 묻노라"(靑天有月來幾時, 我今停杯一問之)에서 유래하는 말.

72. **오강吳剛은 계수나무 베네** 중국 한漢나라 때 사람 오강이 신선술을 배우다가 큰 잘못을 저질러 옥황상제의 노여움을 사고 월궁에 갇혀 계수나무를 베는 형벌을 받았다는 전설이 『유양잡조』酉陽雜俎에 전한다.

비단 휘장은 무늬가 화려하네.

보배로운 거울 닦아 지금 건 듯하고

얼음 바퀴(달) 굴러 멈추지 않네.

금물결은 어찌 그리 장엄한지

은하수는 유유히 흐르네.

검을 뽑아 요사스런 두꺼비 베고

그물 던져 교활한 토끼 잡으리.[73]

하늘에 비가 막 개고

돌길에 엷은 안개 걷히네.

난간 아래 천 그루 나무가 있고

섬돌 아래 만 길 연못이 있네.

변방에서 누가 길을 잃으리?[74]

고국 땅에서 다행히 짝을 만났네.

복숭아와 자두를 서로 건네고[75]

술잔도 주고받았네.

민첩하게 좋은 시 짓고

실컷 좋은 술 마시네.

❀❀❀❀

73. 검을 뽑아~토끼 잡으리 달나라에 두꺼비와 토끼가 사는데, 두꺼비는 달을 갉아먹고 토끼는 검은 그림자를 만들어 달구경에 방해가 된다는 뜻에서 한 말.

74. 변방에서 누가 길을 잃으리 환한 달빛 때문에 변방에서도 길을 잃지 않는다는 말.

75. 복숭아와 자두를 서로 건네고 서로 선물을 주고받으며 정을 나눈다는 뜻으로, 『시경』 위풍衛風 「목과」木瓜의 다음 구절에서 따온 말이다. "복숭아를 건네주시기에/아름다운 옥을 드렸네/(…) 자두를 건네주시기에/아름다운 옥을 드렸네."(投我以木桃, 報之以瓊瑤. (…) 投我以木李, 報之以瓊玖.)

화로에는 숯불이 타고

찻주전자에는 찻물이 보글보글 끓네.

향로에선 향이 피어오르고[76]

나무 술잔에는 경액[77]이 가득하네.

학은 이슬 내리는 걸 경계해 외로운 소나무에서 울고

귀또리는 사방 벽에서 시름겨워 우네.

호상에 앉아 이야기를 나눈 유량과 은호 같고[78]

진나라 강가에서 노닌 사상과 원굉 같네.[79]

황량한 성 희미한데

초목만 빽빽이 우거졌누나.

단풍나무 우수수 흔들리고

누런 갈대는 차갑게 쏴아쏴아 소리를 내네.

선경仙境은 천지에 광활한데

❧❧❧❧

76. 향로에선 향이 피어오르고 '향로'의 원문은 "睡鴨"(수압)으로, 졸고 있는 오리 모양의 몸통 안에 향을 피우고 부리에서 향 연기가 나오게 만든 구리 향로다. '향'의 원문은 "龍涎"(용연)이다. '용연', 곧 '용연향'龍涎香은 '용의 침으로 만든 향'이라는 뜻인데, 향유고래의 장에서 생성되는 분비물로 만든 고급 향을 말한다.

77. 경액瓊液 도교 전설에 나오는, 옥으로 만든 음료. 이것을 마시면 불로장생하는 신선이 된다고 한다.

78. 호상胡床에 앉아~유량庾亮과 은호殷浩 같고 지체의 차이를 잊고 격의 없이 어울려 담소를 나눈다는 뜻. '호상'은 한나라 때 북방 민족으로부터 전래된 접이식 의자를 말한다. 무창武昌에 주둔하던 동진東晉의 장군 유량이 부하 은호와 누각의 호상에 앉아 격의 없이 담소를 나누고 시를 읊조리며 가을밤의 정취를 즐긴 일이 있다. 여기서는 선녀와 홍생이 추석날 부벽정에서 정담을 나누고 시를 주고받은 일을 가리킨다.

79. 진晉나라 강가에서~원굉袁宏 같네 신분의 차이에 구애되지 않고 격의 없이 어울려 담소를 나눈다는 뜻. 우저牛渚에 주둔하던 동진의 장군 사상謝尙이 어느 달밤에 가난한 선비 원굉이 시 읊는 소리를 듣고 감탄해 불러서 밤새도록 이야기를 나눴다는 고사가 있다.

인간 세상 세월은 쏜살같이 흐르네.

옛 궁궐엔 벼와 기장이 여물고

들판 사당에는 가래나무 뽕나무 가지가 드리웠네.

영예와 오욕은 잔비殘碑에 남았고

흥망의 일은 물가의 갈매기한테 물어야 하리.

달은 기울었다 다시 차건만

인간 세상은 하루살이 같네.

행궁은 절이 되고

선왕들은 호구[80]에 묻혔네.

반딧불이 작은 불빛 휘장 너머 반짝이고

도깨비불은 숲에 으늑하네.[81]

옛날을 조문하니 눈물이 많고

지금을 슬퍼하니 절로 근심이 이네.

단군檀君의 자취는 목멱산[82]에 남고

기자箕子의 도읍은 구루[83]만 남았네.

굴속에는 기린마의 자취가 있고

평원에는 숙신[84]의 화살이 있네.

※※※※

80. **호구虎丘** 강소성 소주시蘇州市 서북쪽에 있는 호구산虎丘山을 말한다. 춘추시대 월나라 왕 구천勾踐과의 싸움에서 전사한 오나라 왕 합려闔閭가 이곳에 묻혔다. 여기서는 옛날 임금들의 무덤을 뜻한다.

81. **반딧불이 작은~숲에 으늑하네** 두보의 시「반딧불」(螢火) 중 "바람 따라 휘장 너머 작은 불빛이/비 머금고 숲 곁에 깜박이네"(隨風隔幔小, 帶雨傍林微)에서 유래하는 말.

82. **목멱산木覓山** 평양 동쪽에 있는 산.

83. **구루溝婁** 성城을 뜻하는 고구려 말.

난향[85]은 자부紫府로 돌아가고

직녀織女는 청룡을 타고 떠났네.

문사는 붓을 놓고

선녀는 연주하던 공후箜篌 멈췄네.

노래가 끝나면 헤어지리니

고요한 바람에 천천히 노 젓는 소리뿐.

여인은 시를 다 쓰고 붓을 던지더니 하늘로 올라갔는데, 간 곳을 알 수 없었다. 여인은 돌아가면서 시녀를 시켜 말을 전했다.

"옥황상제의 명이 엄하여 흰 난새를 타고 돌아갑니다. 맑은 이야기를 다하지 못해 마음이 서글프군요."

이윽고 회오리바람이 땅을 휘감았다. 홍생이 앉은 자리까지 불어오더니 시를 적은 종이를 앗아 가 버렸는데, 역시 간 곳을 알 수 없었다. 아마도 기이한 이야기를 인간 세상에 전파하지 못하게 하기 위해서인 듯했다.

홍생이 정신을 차리고 서서 어렴풋이 생각해 보니, 꿈인 듯하지만 꿈이 아니고 생시인 듯하지만 생시가 아니었다. 난간에 기대어 생각을 모아 여인의 말을 모두 기록했다. 기이한 만남이었지만 정을 다하지 못했다 싶어 마침내 여인을 그리는 마음을 담아 시를 읊었다.

ꙿꙿꙿꙿ

84. **숙신肅愼** 고조선 시대 만주 일대에 살던 민족으로 고조선의 제후국이라는 설도 있다. 숙신의 화살이 유명하다.

85. **난향蘭香** 두난향杜蘭香을 말한다. 후한後漢 때의 선녀 두난향이 동정호洞庭湖 부근에 살던 장석張碩의 집에 내려와 부부의 인연을 맺은 뒤 홀연 하늘로 올라갔다고 한다.

양대의 운우지정[86] 한바탕 꿈이었나

어느 때나 옥소의 반지[87] 다시 볼는지.

강물이 비록 무정하다 하나

슬피 흐느끼며 물굽이를 떠나네.

읊기를 마치고 사방을 돌아보니 산사山寺에 종이 울리고 강 마을에
닭이 울고 달이 성 서편으로 숨고 샛별이 반짝였다. 들리는 것이라
곤 뜨락에서 찍찍거리는 쥐 소리와 앉은 자리의 풀벌레 소리뿐이었
다. 홍생은 슬프기도 하고 두렵기도 했는데, 애달파 더 이상 머물러
있을 수 없었다.

홍생은 돌아와 배에 탔으나 마음이 울적하고 답답했다. 전에 정박
했던 강가에 이르자 친구들이 다투어 물었다.

"어젯밤에 어디서 잤나?"

홍생이 거짓말로 둘러댔다.

"어젯밤 낚싯대를 들고 달빛 아래 장경문[88] 밖 조천석 가에 가서
잉어를 잡으려 했는데, 마침 밤이 서늘하고 물이 차가워 붕어 한 마
리도 못 잡았네. 유감스럽네."

친구들은 의심하지 않았다.

---

86. **양대陽臺의 운우지정**   남녀의 사랑을 말한다.
87. **옥소玉簫의 반지**   재회를 뜻한다. '옥소'는 당나라의 명기名妓로, 위고韋皐가 포의 시절에 부부
   의 연을 맺기로 약속하고 떠난 뒤 돌아오지 않자 스스로 목숨을 끊었으나 훗날 다시 살아나 위고
   의 첩이 되었다.
88. **장경문長慶門**   평양성의 동쪽 문.

그 뒤로 홍생은 여인을 그리워하다 병이 들어 몸이 수척해져 먼저 집으로 돌아왔다. 정신이 흐릿해지고 말에 두서가 없었으며, 병상에 누운 지 오래되었으나 병이 낫지 않았다.

어느 날 홍생의 꿈에 엷게 화장한 미인이 나타나 말했다.

"주인아씨가 옥황상제께 아뢰니 옥황상제께서 선비님의 재주를 아끼시어 견우성牽牛星 막하幕下의 종사관으로 삼으라 하셨습니다. 옥황상제의 명이니 피할 수 있겠습니까?"

홍생이 깜짝 놀라 꿈에서 깨어났다. 홍생은 집안사람들에게 자신을 목욕시키고 옷을 갈아입힌 다음, 향을 피우고 땅을 쓸고는 뜰에 자리를 펴게 했다. 홍생은 턱을 괴고 자리에 잠깐 누웠다가 문득 세상을 떠났는데, 그날은 바로 9월 보름이었다. 염을 한 지 며칠이 지났으나 홍생의 안색이 변하지 않자 사람들은 홍생이 신선을 만나 시해[89]한 것이라고들 했다.

---

89. **시해屍解** 몸은 남겨 두고 넋만 빠져나가 신선이 된 것을 말한다.

남염부주지

南炎浮洲志

남염부주에 가다

성화[1] 연간 초에 박생朴生이란 사람이 경주에 살았다. 박생은 유학 공부에 힘쓰던 이로, 성균관에 다녔으나 과거에 번번이 떨어져 늘 불만스러워하며 유감을 품고 지냈다. 그러나 의기가 드높고 남의 위세에 굴하지 않는지라 사람들은 박생을 오만하고 기개가 높은 인물이라고 여겼다. 그렇다고 박생이 교만한 인물은 아니어서 직접 대면해 보면 순박하고 성실한 사람임을 알 수 있었으므로 온 마을 사람이 그를 칭찬했다.

박생은 예전부터 늘 불교나 무속 신앙, 귀신 이야기에 의심을 품어 왔으나 확고한 생각을 가지고 있지 못하던 터였다. 그러다가 『중용』中庸의 가르침에 비추어 보고 『주역』의 「계사전」[2]을 살핀 뒤 자신의 생각이 틀리지 않았음을 자부하게 되었다. 그럼에도 박생은 사람됨이 순박하고 중후한 까닭에 승려들과도 교유를 끊지 않아 한유가

1. **성화成化** 중국 명明나라 헌종憲宗의 연호. 성화 원년元年은 조선 세조世祖 11년(1465)에 해당한다.
2. **「계사전」繫辭傳** 『주역』周易의 원리를 포괄적으로 설명해 놓은 글. 『주역』에 관한 최초의 본격적인 철학적 해명에 해당한다. 전통적으로 공자孔子가 저술했다고 전해 온다.

사귀었던 대전[3]이나 유종원이 사귀었던 손[4]과 같은 승려 두어 사람을 가까이했다. 승려들 역시 선비와 교유하기를 혜원이 종병이며 뇌차종과 사귀고[5] 지둔이 왕탄지며 사안과 사귀듯이 하여[6] 박생과 막역한 친구가 되었다.

하루는 박생이 승려와 더불어 천당과 지옥에 관한 이야기를 나누다가 다시 의심스러운 마음이 들어 이렇게 말했다.

"천지天地는 하나의 음양陰陽일 따름이오. 그러니 천지 밖에 또 다른 천지가 있을 리 있겠소? 필시 허튼 얘기일 거요."

승려에게 묻자 그쪽 역시 속 시원한 대답을 못한 채 죄를 짓거나 덕을 쌓으면 각각 그에 따른 보답이 있다는 말로 대꾸할 뿐이었다. 박생은 그 말을 전혀 받아들일 수 없었다.

박생은 일찍이 「일리론」一理論이라는 글을 지어 스스로를 경계하며 다른 길에 미혹되지 않고자 했다. 그 내용은 대략 다음과 같다.

들건대 천하의 리理는 하나일 뿐이다. 하나란 무엇인가? 두 이치가 없다는 말이다. 리理란 무엇인가? 성性일 따름이다. 성이

꽃꽃꽃

3. **한유韓愈가 사귀었던 대전大顚** 당나라의 문인 한유는 당시 황제인 헌종憲宗이 부처의 사리를 궁중으로 들여온 일이 잘못임을 간언하다가 조주潮州로 쫓겨났는데, 거기서 승려 대전과 교유했다.
4. **유종원柳宗元이 사귀었던 손巽** 당나라의 문인 유종원은 영주永州에 있을 때 그곳의 승려 손과 사귀었다.
5. **혜원慧遠이 종병宗炳이며 뇌차종雷次宗과 사귀고** '혜원'은 동진東晉의 고승이고, '종병'과 '뇌차종'은 그를 따라 노닌 문사들이다.
6. **지둔支遁이 왕탄지王坦之며 사안謝安과 사귀듯이 하여** '지둔'은 동진의 고승이고, '왕탄지'와 '사안'은 당시의 문사였는데, 서로 친교가 두터웠다.

란 무엇인가? 하늘이 명한 바다. 하늘이 음양오행으로 만물을 화생化生하여, 기氣로써 형形을 이루고 리理 또한 부여했다.

이른바 리理란 일상의 일에 저마다 조리條理가 있음이니, 부자父 子를 말하면 친애함을 다하는 것이요, 군신君臣을 말하면 의리를 다하는 것인데, 부부夫婦와 장유長幼에 이르기까지 마땅히 가야 할 길이 없지 않다. 이것이 이른바 '도'道이며, 리理가 내 마음에 갖추어져 있다는 것이다. 이 리理를 따르면 어디 간들 편안하지 않음이 없으며, 이 리理를 거슬러 성性과 어긋나면 재앙이 이른 다. 궁리진성窮理盡性(리理를 궁구하고 성性을 극진히 함)은 이를 궁구 함이요, 격물치지格物致知(사물의 이치를 끝까지 궁구해 진정한 앎에 이름)는 이를 탐구함이다.

대개 사람이 태어날 때 이러한 마음을 갖지 않은 이가 없고, 이 러한 성을 갖추지 않은 이가 없다. 천하의 만물 또한 이러한 리 理를 갖지 않은 것이 없다. 잡되지 않고 신령스런 마음으로 진 실로 그러한 성을 좇아 물物에 나아가 리理를 궁구하고 일(事)로 말미암아 근원을 추구해 지극한 데 이르기를 구한다면 천하의 리理가 환하게 드러나지 않음이 없으며, 리理의 지극한 것이 마 음속에 삼엄하지 않음이 없다. 이로써 미루어 나가면, 천하와 국가를 포괄하지 않음이 없고, 천하와 국가에 통달하지 않음이 없다. 그러니 천지에 세워도 어그러지지 않고, 귀신에게 물어 보아도 의혹됨이 없으며,[7] 고금古今에 걸쳐 없어지지 않으니, 유 자儒者의 일은 이에 그칠 따름이다. 천하에 어찌 두 개의 리理가 있겠는가. 저 이단의 설說을 나는 믿지 못하겠노라.

하루는 방 안에서 밤에 등불을 켜고 『주역』을 읽다가 베개에 기대어 설핏 잠이 들었다. 홀연 어느 나라에 도착했는데, 큰 바다 한가운데 있는 섬나라였다. 그곳 땅에는 풀도 나무도 없었고, 모래나 자갈도 없었다. 밟는 곳이라곤 모두 구리 아니면 쇠였다. 낮에는 맹렬한 화염이 하늘까지 뻗쳐서 대지가 모두 녹아내릴 듯했고, 밤에는 서쪽으로부터 서늘한 바람이 불어와 뼈와 살이 바늘에 찔린 듯 아려 고통을 견딜 수 없었다.

쇠로 이루어진 절벽이 해안선을 따라 성벽처럼 늘어선 가운데 쇠로 만든 거대한 문 하나가 굳게 잠겨 있었다. 사람을 잡아먹을 듯한 무시무시한 얼굴의 문지기가 창과 쇠몽둥이를 들고 성문을 지키고 있었다. 성문 안에 사는 사람들은 쇠로 집을 짓고 살았는데, 낮에는 살이 문드러질 듯이 뜨겁고 밤에는 몸이 얼어붙을 듯이 추웠기에 아침저녁으로만 꿈적거리며 웃고 떠들었다. 그렇다고 특별히 고통스럽게 지내는 것 같지는 않았다.

박생이 놀랍고도 두려워 문 앞에서 우물쭈물하고 있는데, 문지기가 박생을 소리쳐 불렀다. 박생이 경황없는 중에 부름을 거역하지 못하고 겁이 나서 몸을 잔뜩 웅크린 채 문지기에게 다가갔다. 문지기는 창을 곧추세우고 이렇게 물었다.

"뭐 하는 사람이오?"

박생은 벌벌 떨면서 이렇게 대답했다.

"조선 경주에 사는 박 아무개입니다. 어리석은 일개 선비가 감히 신령스런 나리께서 계시는 곳을 침범했습니다. 죄받아 마땅하고 벌받아 마땅하오나 너그러이 용서해 주시길 빕니다."

엎드려 절하기를 거듭하며 무례하게 침범한 점에 대해 용서를 빌었다. 그러자 문지기가 말했다.

"선비라면 마땅히 어떤 위세에도 굴하지 않아야 하거늘 왜 이리 비굴하게 군단 말이오? 우리가 식견 있는 군자를 만나 보고자 한 지 오래되었소. 우리 임금 역시 그대 같은 사람을 만나 동방에 뭔가 알릴 말씀이 있다고 하셨소. 잠깐 앉아 계시오. 그대가 왔다는 소식을 임금께 아뢰고 올 테니."

문지기는 말을 끝내자마자 빠른 걸음으로 들어가더니 잠시 후에 나와 이렇게 말했다.

"임금께서 편전便殿에서 그대를 맞이하겠다고 하시오. 그대는 아무 거리낌 없이 바른말로 대답해야지 우리 임금의 위엄에 눌려 하고 싶은 말을 숨겨서는 안 될 것이오. 그래야 이 나라 백성들도 큰 도道의 요체를 들어 볼 수 있을 것 아니겠소."

이윽고 검은 옷을 입은 동자 하나와 흰옷을 입은 동자 하나가 각각 문서를 들고 나왔다. 문서 하나는 검은 종이에 푸른 글씨가 적혀 있고, 다른 하나는 흰 종이에 붉은 글씨가 적혀 있었다. 동자들이 박생 앞에 문서를 펼쳐 보여 주었다. 박생이 붉은 글씨가 적힌 문서를 보니 자신의 이름이 있었는데, 다음과 같이 적혀 있었다.

현재 조선에 사는 박 아무개는 현생現生에 지은 죄가 없으므로,

마땅히 이 나라의 백성이 될 수 없다.

박생이 물었다.

"제게 보여 준 문서는 무엇입니까?"

동자가 말했다.

"검은 종이의 문서는 악인의 이름을 적은 명부名簿이고, 흰 종이의 문서는 선인의 이름을 적은 명부입니다. 선인의 명부에 이름이 오른 분은 우리 임금이 선비를 초빙하는 예로써 맞이하고, 악인의 명부에 있는 이는 비록 죄를 더 주지는 않지만 노비를 대하는 법에 따라 대우합니다. 임금께서 선비를 보신다면 지극한 예로 맞이하실 겁니다."

그렇게 말하고는 명부를 가지고 안으로 들어갔다.

이윽고 눈 깜짝할 사이에 바람이 끄는, 칠보[8]로 장식한 수레가 나타났다. 수레 위에는 연꽃 모양의 자리가 있었으며, 예쁜 동자가 불진[9]을 들고 아리따운 여인이 일산日傘을 받쳐 들고 있었다. 이에 무장한 병사들이 창을 휘두르며 벽제辟除했다.

박생이 머리를 들어 바라보니 저 멀리 쇠로 만든 세 겹의 성이 보였다. 높디높은 궁궐이 황금으로 이루어진 산 아래 있었고, 화염이 하늘에 닿도록 활활 타오르고 있었다. 길가를 돌아보니 사람과 짐승

꿈꿈꿈꿈

8. 칠보七寶 금, 은, 유리, 수정, 산호, 호박, 진주의 일곱 가지 보배.

9. 불진拂塵 불교에서 사용하는 총채 모양의 기물器物로, 수행자가 마음의 티끌과 번뇌를 털어 낸다는 상징적 의미가 있다.

들이 화염 속에서 녹아내린 구리와 쇠를 진흙 밟듯이 밟고 다녔다. 그러나 박생 앞으로 난 수십 걸음 정도의 길은 대리석을 깐 것처럼 반듯하고, 녹아내린 쇠나 맹렬한 불길이 전혀 없었다. 신령스런 힘으로 그렇게 바꾸어 놓은 듯했다.

왕이 사는 성에 도착해 보니 사방의 문이 활짝 열려 있었다. 연못이며 정자의 모습이 인간 세계의 것과 다름이 없었다. 두 미인이 나와서 박생에게 절하더니 양쪽에서 부축해 궁궐 안으로 인도했다.

왕은 통천관[10]을 쓰고 옥으로 만든 띠를 띤 채 규[11]를 잡고서 계단을 내려와 박생을 맞이했다. 박생이 땅에 엎드려 감히 올려다보지 못하자 왕이 이렇게 말했다.

"사는 땅이 달라 서로 간섭할 수 없거늘, 이치를 아는 군자가 어찌 위세에 눌려 몸을 굽힌단 말이오?"

그러고는 박생의 소매를 잡고 왕좌가 있는 단상 위로 오르게 했다. 단상에는 박생이 앉을 의자가 따로 마련되어 있었는데, 옥으로 만든 팔걸이가 달린 황금 의자였다.

왕과 박생이 자리를 정해 앉자 왕이 시종을 불러 차를 내오게 했다. 박생이 곁눈질로 보니 차는 구리를 녹여 만든 것이고 과일은 쇠구슬이었다. 놀랍고도 두려웠으나 피할 도리가 없어 그들이 하는 대로 가만히 보고 있자니, 박생 앞에 내온 것은 향기로운 차와 먹음직

꽃꽃꽃꽃

10. **통천관通天冠**　임금이 쓰는 예식용禮式用 관.
11. **규珪**　위가 둥글고 아래가 모난, 길쭉한 옥으로 만든 홀笏. 나라에 큰일이 있을 때 왕이 이것을 손에 잡고 나와 신표信標로 삼았다.

스런 과일로, 그 향기가 모락모락 궁궐 안을 가득 채웠다.

차를 다 마시고 왕이 말했다.

"선비는 여기가 어딘지 모르시겠소? 이른바 염부주[12]란 곳이오. 궁궐 북쪽에 있는 산은 바로 옥초산[13]이라오. 이 주洲는 남쪽에 있다고 해서 남염부주라고 부르오. '염부'炎浮란 화염이 활활 타올라 항상 하늘 위에 떠 있으므로 그렇게 일컫는다오.

내 이름은 염마[14]라고 하는데, 화염에 휩싸여 있음을 말하오. 이 땅의 임금이 된 지도 벌써 만 년이 넘었구려. 수명이 길고 신령스러워 마음 가는 대로 모든 일에 신통하고, 하고자 마음만 먹으면 뜻대로 되지 않는 일이 없소. 창힐[15]이 문자를 만들었을 때는 우리 백성을 보내 곡哭하고, 석가가 성불成佛했을 때는 우리 무리를 보내 보호해 주었소. 삼황·오제[16]와 주공周公·공자孔子는 도로써 스스로를 지키니 내가 관여할 수 없었소."

박생이 물었다.

❧❧❧❧

12. **염부주炎浮洲** 불교의 세계관에 의하면, 수미산須彌山을 둘러싸고 있는 사방의 바닷속에 사대주四大洲가 있는데, 동쪽은 승신주勝身洲, 서쪽은 우화주牛貨洲, 남쪽은 염부주, 북쪽은 구로주俱盧洲라 한다. 염부주는 남쪽에 있기 때문에 '남염부주'南炎浮洲라고도 한다. 이 남염부주 아래 염라국閻羅國이 있다고 한다.

13. **옥초산沃焦山** 큰 바닷속에 있다고 하는 상상의 산. 바닷물이 증가하지 않는 것은 이 산이 바닷물을 흡수하기 때문이라고 한다. '옥초'沃焦는 바다 밑에 있는, 물을 흡수하는 돌 이름인데, 그 아래 있는 무간지옥無間地獄의 불기운으로 늘 뜨겁게 타고 있다고 한다.

14. **염마燄摩** 산스크리트어 '야마'Yama의 음역. '염라'閻羅나 '염마'閻魔로도 표기한다.

15. **창힐蒼頡** 황제黃帝의 신하로, 한자를 처음 만들었다는 사람.

16. **삼황三皇·오제五帝** 중국 고대의 천자天子인 복희씨伏羲氏·신농씨神農氏·황제黃帝와 소호少昊·전욱顓頊·제곡帝嚳·요堯·순舜.

"주공, 공자, 석가는 어떤 분입니까?"

왕이 대답했다.

"주공과 공자는 중화 문명 중의 성인聖人이고, 석가는 서역西城의 간흉한 무리 중의 성인이라오. 문명 세계가 비록 밝다 하나 인성人性에 순수함과 잡박함이 있으므로 주공과 공자가 인도하신 것이고, 간흉한 무리가 비록 암매하다 하나 사람의 기질에 똑똑하고 둔한 차이가 있으므로 석가가 깨우친 것이라오. 주공과 공자의 가르침은 올바름으로 삿됨을 물리친 것이고, 석가의 교법敎法은 삿됨을 가설假設하여 삿됨을 물리친 것이라오. 올바름으로 삿됨을 물리치기에 그 말이 정직하고, 삿됨으로 삿됨을 물리치기에 그 말이 허황되고 괴이한데, 정직하므로 군자가 따르기 쉽고, 허황되고 괴이하므로 소인이 믿기 쉽소. 하지만 그 극치에서는 둘 모두 군자와 소인으로 하여금 종내 정리正理(올바른 이치)로 돌아가게 하니, 혹세무민하여 이단의 도道로 그르치게 한 적이 없다오."

박생이 또 물었다.

"귀신鬼神의 설說은 어떠합니까?"

왕이 대답했다.

"'귀'鬼란 음陰의 영靈이고, '신'神이란 양陽의 영靈이오.[17] 대개 조화의 자취요, 이기(음양)의 작용이라오.[18] 살아 있으면 인물人物이라 하

---

17. '귀'鬼란 음陰의~양陽의 영靈이오 『중용 장구』中庸章句 제16장에 나오는 주희朱熹의 말.

18. 조화造化의 자취요, 이기二氣의 작용이라오 '조화의 자취'는 정이程頤의 말이고, '이기의 작용'은 장재張載의 말이다. 모두 『중용 장구』 제16장에 나온다.

고 죽으면 귀신이라 하지만, 그 이치는 다르지 않소."

박생이 말했다.

"세상에는 귀신에게 제사 지내는 의식이 있는데, 제사를 받는 귀
신과 조화를 부리는 귀신은 다른 것입니까?"

왕이 대답했다.

"다르지 않소. 선비는 선유先儒의 '귀신은 형체도 없고 소리도 없
지만 만물의 끝과 시작은 음과 양이 모이고 흩어짐의 소위所爲가 아
닌 것이 없다'[19]라는 글을 보지 못했소? 천지에 제사 지내는 것은 음
양의 조화를 공경해서이고, 산천에 제사 지내는 것은 기운의 변화에
보답하기 위해서이며, 조상에게 제사 지내는 것은 근본에 보답하기
위해서이고, 육신[20]에게 제사 지내는 것은 재앙을 면하기 위해서인
데, 모두 사람들로 하여금 공경을 다하게 하오. 귀신은 형질形質이 있
지 않아 인간 세상에 재앙이나 복을 주지는 않지만, 다만 제사 지낼
때 향기가 올라가 신령의 기운이 사람을 엄습해 귀신이 바로 곁에
있는 듯하다오. 공자의 이른바 '귀신을 공경하되 멀리한다'[21]라고 한
것은 이를 이르오."

박생이 말했다.

"세상에는 사악한 기운을 가진 요망한 도깨비가 사람들을 해코지
하거나 호리는 일이 있는데, 이런 것도 귀신이라 할 수 있습니까?"

꽃꽃꽃꽃

19. 귀신은 형체도~아닌 것이 없다 『중용 장구』 제16장에 나오는 주희의 말.

20. 육신六神 동서남북과 중앙의 다섯 방위를 지킨다는 청룡青龍, 백호白虎, 주작朱雀, 현무玄武,
　구진勾陳, 등사螣蛇의 여섯 신.

21. 귀신을 공경하되 멀리한다 『논어』 「옹야」雍也에 나오는 말.

왕이 대답했다.

"'귀'鬼란 움츠림이고, '신'神이란 폄이오. 움츠렸다가 펴는 것은 조화造化의 신神이요, 움츠렸다가 펴지 못하는 것은 기운이 맺혀 있는 요귀妖鬼라오. 신神은 조화와 합치하므로 음양과 더불어 시종始終을 함께해 자취가 없고, 귀鬼는 기운이 맺혀 있으므로 사람이나 사물에 붙어 원한을 드러내면서 형체가 있다오.

산도깨비를 '소'魈라 하고, 물도깨비를 '역'魊이라 하고, 수석水石의 도깨비를 '용망상'龍罔象이라 하고, 목석木石의 도깨비를 '기망량'夔魍魎이라 하오. 또 만물을 해코지하는 건 '여'厲라 하고, 만물을 번뇌하게 하는 건 '마'魔라 하고, 만물에 붙어 있는 건 '요'妖라 하고, 만물을 호리는 건 '매'魅라 하는데, 이 모두가 '귀'라오.

음양의 변화를 헤아릴 수 없는 것을 '신'이라 하니, '귀신'의 '신'은 곧 이를 말하오. '신'이란 묘용妙用을 이르고, '귀'란 근본으로 돌아감을 이른다오.

하늘과 사람은 그 이치가 하나이고, 드러난 것과 은미隱微한 것 사이에는 경계가 없소. 근원으로 돌아감을 '정'靜(고요함)이라 하고 명命을 회복하는 것을 '상'常이라 하며,²² 시종 조화造化를 보이지만 그 조화의 자취를 알 수 없는 것, 이것이 곧 이른바 '도'道라오. 그러므로 '귀신의 덕이 참으로 성대하도다!'²³라고 말하는 것이오."

꒰꒰꒰꒰

22. 근원으로 돌아감을~'상'常이라 하며　『노자』老子 제16장에 나오는 말이다. 전후를 함께 보이면 다음과 같다. "대저 만물은 무성하지만 각기 그 근원으로 돌아간다. 근원으로 돌아감을 '정'靜이라 하니, 이를 일러 명命을 회복하는 것이라 하고, 명을 회복하는 것을 '상'常이라 하며, 상을 아는 것을 '명'明이라고 하는데, '상'을 알지 못하면 망령되이 흉한 일을 저지르게 된다."

박생이 또 물었다.

"제가 부처를 믿는 이들에게 듣자니, 천상에는 천당이라는 쾌락의 땅이 있고, 지하에는 지옥이라는 고통의 땅이 있다고 합니다. 또 명부의 시왕[24]이 열여덟 지옥의 죄수들을 국문鞠問한다고 하던데, 정말 이런 일이 있습니까? 또 사람이 죽고 나서 7일 뒤에 불공을 드리고 재齋를 베풀어 그 혼령을 천도薦度하고, 왕(시왕)에게 제사를 지내며 지전紙錢을 태워 속죄하거늘, 간사하고 포악한 자라도 임금께서는 너그러이 용서해 주시는지요?"

왕이 깜짝 놀라 이렇게 말했다.

"그런 얘긴 나도 처음 들어 보오. 옛사람이 말하기를, '한 번 음陰이 되었다가 한 번 양陽이 되는 것을 도道라 하고, 한 번 열렸다가 한 번 닫히는 것을 변變이라 하며, 만물을 낳고 또 낳는 것을 역易이라 한다'[25]고 했으며, '망령됨이 없는 것을 성誠이라 한다'[26]고 했소. 대저 그와 같다면 어찌 건곤乾坤의 밖에 다시 건곤이 있으며, 천지의 밖에 또 천지가 있겠소?

또 왕이란 만민이 그에게 귀의함을 이르는 명칭이오. 삼대[27] 이전에는 억조창생의 주군을 모두 왕이라고 했을 뿐 다른 명칭이 없었

❀❀❀❀

23. 귀신의 덕이 참으로 성대하도다 『중용』에 나오는 말.
24. 시왕十王 명부冥府에 있다는 열 명의 왕으로, 각기 지옥의 일을 관장하며, 인간이 세상에 있을 때 저지른 죄의 경중輕重을 정한다고 한다. 염라왕은 시왕의 하나다. 우리나라 사찰에서는 지장전地藏殿이나 명부전冥府殿에 시왕의 상像을 진설陳設해 놓고 있다.
25. 한 번 음陰이~역易이라 한다 『주역』「계사전」상上에 나오는 말.
26. 망령됨이 없는 것을 성誠이라 한다 『중용 장구』 제20장에 나오는 주희의 주석.
27. 삼대三代 중국 하夏·상商·주周의 세 왕조.

소. 공자가 『춘추』春秋를 편찬하여 백대百代의 왕들이 변경할 수 없는 큰 법을 세웠는데, 주周나라 왕실을 높여 '천왕'天王이라 했으니, 왕이라는 명칭에 더 보탤 것은 없다 하겠소.

그러나 진秦나라가 육국六國을 멸하고 중국을 통일하자 진시황은 자신이 삼황三皇의 덕을 겸비하고 오제五帝보다 높은 공을 세웠다며 왕이라는 호칭을 고쳐 황제皇帝라고 했소. 이 무렵 분수에 넘치는 칭호를 사용하는 자들이 자못 많았으니, 위魏나라와 초楚나라의 군주들이 바로 그러했소. 이후로는 왕이라는 명칭을 아무나 어지럽게 사용해서 주나라 문왕·무왕·성왕成王·강왕康王 같은 훌륭한 군주들의 존호尊號가 실추失墜되고 말았소.

그런데 세상 풍속이 무지無知해서 인정으로 분수에 맞지 않는 호칭을 쓰는 일이야 말할 가치도 없다 하겠으나 신神의 세계에서라면 오히려 법도가 엄하거늘, 어찌 한 지역 안에 왕이란 자가 이렇게 많을 수 있겠소? 선비는 '하늘에는 두 개의 해가 없고, 나라에는 두 명의 왕이 없다'는 말을 들어 보지 못했소? 그러니 앞서 내게 한 말은 도저히 믿을 수가 없소. 재를 베풀어 혼령을 천도하고, 왕에게 제사를 지내며 지전을 태운다니, 나는 왜 그러는지 모르겠소. 선비께서 한번 인간 세상의 망령된 일들을 말해 주시구려."

박생이 예禮를 표하기 위해 약간 뒤로 물러나 앉더니 옷깃을 여미고는 이렇게 말했다.

"인간 세계에서는 부모가 돌아가신 지 49일이 되는 날이면 지체가 높은 사람이건 낮은 사람이건 상례喪禮를 돌아보지 않고 오로지 추천28에만 힘을 쏟으니, 부자들은 과도하게 돈을 쓰며 남에게 자랑하고, 가난한 이들은 땅과 집을 팔고 돈과 곡식을 빌립니다. 종이를 오려서 깃발을 만들고 비단을 마름질해 꽃을 만든 뒤, 승려들을 불러다 복을 빕니다. 또 무너져 없어질 소상塑像을 세워 부처로 삼고,[29] 범패[30]를 부르고 염불을 외는데, 새가 짹짹거리고 쥐가 찍찍거리는 듯한 게 아무 의미 없는 말들입니다. 상주喪主는 처자를 데려오고 친척과 벗들을 죄다 부르니, 남녀가 뒤섞여 똥오줌이 낭자해 정토淨土가 오물 천지로 변하고, 적멸 도량寂滅道場(절)이 떠들썩한 시장판으로 변해 버립니다. 게다가 이른바 시왕十王을 모셔 음식을 갖춰 제사 지내고 지전을 태워 속죄를 빌기까지 합니다. 시왕이라는 이들은 예의염치를 돌보지 않고 욕심을 내 외람되이 이를 받아야 옳습니까? 아니면 법도를 상고해 법에 따라 중벌을 내려야 옳습니까? 이 때문에 저는 답답한 나머지 감히 말씀을 드리오니, 아무쪼록 저를 위해 분변해 주셨으면 합니다."

왕이 말했다.

"허어! 그 지경에 이르렀구려! 사람이 태어나매 하늘은 성性을 부여하고, 땅은 먹을 것을 주어 기르며, 임금은 법으로 다스리고, 스승은 도道로써 가르치며, 부모는 은혜로 기른다오. 이로 말미암아 오륜五倫에 질서가 있고, 삼강三綱에 문란함이 없는 거라오. 삼강오륜을 따르면 상서롭고, 거스르면 재앙이 생기니, 상서와 재앙은 사람이 삼

꽃꽃꽃

28. 추천追薦 죽은 이의 명복을 빌기 위해 불사佛事를 행하는 것을 이른다.

29. 무너져 없어질~부처로 삼고 장차 멸멸滅滅할 소상塑像을 세워 부처로 삼는다는 말. '부처'의 원문은 "導師"(도사)인데, 사람들을 정도正道로 인도하는 자라는 뜻으로, 부처나 보살의 경칭이다.

30. 범패梵唄 부처의 공덕을 찬미하는 노래.

강오륜을 받아들이는가의 여부에 달려 있다오. 그러다가 죽으면 정기精氣가 흩어져 혼魂은 하늘로 올라가고 백魄은 땅속으로 내려가 근원으로 돌아가게 되오. 그러니 어찌 혼백이 저승에 머물 수 있겠소? 다만 원한을 품은 혼령이나 비명횡사한 귀신이 제 명에 못 죽어 그 기운이 흩어지지 않아, 모래밭 싸움터에서 슬피 울거나 자진自盡해 원한이 맺힌 집에서 흐느껴 우는 일이 간혹 있기는 한데, 이들은 무당에게 붙어 억울한 사연을 호소하기도 하고, 사람에게 의지해 원망을 하소연하기도 한다오. 그러나 비록 일시적으로 정신이 흩어지지 않았다 해도 필경에는 아무런 조짐이 없는 데로 돌아가거늘, 어찌 저승에 형체를 가탁假托해 형벌을 받는 일이 있겠소? 이는 격물치지하는 군자가 마땅히 헤아려야 할 바요.

부처에게 재를 올리고 시왕에게 제사 지내는 일 같은 것은 더욱 황당무계하오. '재'란 맑고 깨끗하다는 뜻이니, 이 때문에 깨끗하지 않은 몸을 깨끗이 해 재를 올리는 거라오. 부처란 청정淸淨을 일컫고, 왕이란 존엄한 호칭이오. 왕이 수레를 요구하고 금을 요구한 일은 『춘추』에서 폄하되었고, 재를 올리며 금과 비단을 쓴 일은 한위 때 시작되었소.[31] 어찌 청정의 신神(부처)이 세상 사람들의 공양을 받겠으며, 왕처럼 존엄한 이가 죄인의 뇌물을 받아 저승의 귀신이 인간 세상에서 저지른 죄를 용서해 줄 리가 있겠소? 이 또한 궁리진성하는 선비가 마땅히 헤아려야 할 바요."

𝒮𝒮𝒮𝒮
31. 한위漢魏 때 시작되었소 중국 후한後漢 명제明帝 때 불교가 들어왔다는 설이 널리 유포되어 있다.

남염부주지 _ 111

박생이 또 물었다.

"윤회輪回를 그치지 않아 여기서 죽은 뒤 다시 저기서 태어난다는데, 그게 무슨 뜻인지 여쭤볼 수 있겠습니까?"

왕이 대답했다.

"정령精靈이 흩어지지 않는다면 윤회가 있는 것처럼 보일 수 있소. 하지만 오랜 시간이 지나면 흩어져 사라져 버린다오."

박생이 물었다.

"임금께서는 어떻게 이런 이역異域 땅에서 왕이 되셨습니까?"

왕이 대답했다.

"나는 세상에 있을 때 임금께 충성을 다하며 온 힘을 다해 도적을 토벌했는데, 그때 이렇게 맹세한 일이 있소.

'내가 죽으면 귀신이 되어서라도 도적을 모두 죽이리라!'

죽어서도 내 소원이 이루어지지 않았고 충성스런 마음도 사라지지 않았기에, 이런 흉악한 땅에서 임금 노릇을 하게 된 것이오. 지금 이 땅에 살며 나를 우러르는 자들은 모두 전생에 임금이나 부모를 죽이는 등 온갖 간사하고 흉악한 짓을 벌인 무리라오. 이들은 이곳에 살며 나의 통제를 받아 그릇된 마음을 바로잡으려 하고 있소. 정직하고 사심 없는 사람이 아니면 이 땅에서는 하루도 임금 노릇을 할 수 없소.

그대는 정직하고 뜻이 고상해 인간 세상에 있으면서 남의 위세에 굴하지 않는 진정한 달인達人이라고 들었소. 그럼에도 세상에 뜻을 한번 펼쳐 보이지 못했으니, 그야말로 천하의 보배로운 옥돌이 황야에 버려지고 영롱한 구슬이 연못 깊이 가라앉아 있는 것과 같은 신

112

세구려. 훌륭한 장인匠人을 만나기 전에야 누가 천하의 보물을 알아볼 수 있겠소? 참으로 안타깝소!

나 역시 운수가 다해서 곧 이 세상을 뜰 운명이고, 그대 또한 타고난 수명이 이미 다해서 땅에 묻히리니, 이 나라의 임금이 될 사람이 그대 말고 누가 있겠소?"

그러고는 잔치를 열어 흥겹게 즐겼다. 왕이 삼한三韓(우리나라)의 역대 왕조가 흥하고 망한 자취를 물었으므로 박생은 일일이 아뢰었는데, 고려 창업의 연유를 말한 대목에 이르자 왕은 두어 번 탄식하더니 이렇게 말했다.

"나라를 가진 자는 폭력으로 백성을 위협해서는 안 되오. 백성이 비록 두려워해 명령에 따르는 듯 보이지만 속으로는 반역할 마음을 품어 시간이 흐르면 결국 큰 재앙이 일어날 것이오. 덕 있는 자는 힘으로 군주의 자리에 나아가지 않소. 하늘이 비록 자상한 말로 사람을 깨우치지는 않지만 시종일관 일을 통해 보여 주거늘, 이를 보면 하늘의 명命이 엄하다는 걸 알 수 있소.

무릇 나라는 백성의 것이요, 명은 하늘이 내리는 것이오. 천명天命이 임금에게서 떠나고 민심이 임금에게서 떠나간다면 비록 몸을 보전하고자 한들 어찌 보존할 수 있겠소?"

또 박생이 역대 제왕들이 이도異道를 숭상하다가 재앙을 초래한 일을 말하자, 왕은 이마를 찌푸리며 이렇게 말했다.

"백성이 태평가를 부르는데도 홍수가 나고 가뭄이 드는 것은 하늘이 임금에게 근신하라고 거듭 경고하는 것이요, 백성들이 원망하는데도 상서로운 징조가 나타나는 것은 요괴가 임금에게 아첨해 임금을 더욱 교만하고 방종하게 만드는 것이라오. 역대 제왕들에게 상서로운 징조가 나타난 때 백성들이 편안했소, 원망을 했소?"

박생이 말했다.

"간신들이 벌떼처럼 일어나고 큰 난리가 거듭 생기는데, 위에 있는 사람(임금)이 위협이나 위선으로 훌륭하다는 이름을 낚으려 한들 나라가 편안하겠습니까?"

왕이 한참 탄식하고 말했다.

"그대 말씀이 옳소."

잔치가 끝나고 왕이 박생에게 왕위를 물려주기 위해 손수 제[32]를 지었다.

> 염부주는 실로 장기瘴氣와 역병疫病의 땅이라 우왕의 발자취도 미치지 못했고,[33] 목왕의 준마도 이르지 못했다.[34] 이곳은 붉은 구름이 해를 뒤덮고 독기 서린 안개가 하늘을 가로막아, 목마르면 펄펄 끓는 쇳물을 마셔야 하고, 배고프면 시뻘겋게 달궈진 쇳덩이를 먹어야 하며, 야차와 나찰[35]이 아니면 땅에 발을 댈 수가 없고, 도깨비 무리가 아니면 그 기운을 뜻대로 펼 수

꿈꿈꿈꿈

32. 제制   임금이 상벌을 행하거나 관직을 수여할 때 내리는 말로, 한문학 문체의 하나다.
33. 우왕禹王의 발자취도 미치지 못했고   하夏나라 우왕이 홍수를 다스리기 위해 동분서주해 그 발자취가 중국 전역에 미치지 않은 곳이 없었다고 한다.
34. 목왕穆王의 준마駿馬도 이르지 못했다   주周나라 목왕이 여덟 마리의 준마를 타고 중국 전역을 두루 다녔다는 고사가 있다.
35. 야차夜叉와 나찰羅刹   사람을 해치는 악귀들인데, 불교의 수호신이기도 하다.

없다. 불길에 휩싸인 성곽이 천 리나 되고, 쇠로 이루어진 산이 만 겹이나 된다. 백성의 풍속은 억세고 사나워 정직한 이가 아니면 그 간사함을 다스릴 수 없고, 지세地勢는 극도로 요철凹凸이 심해 신령스런 위엄을 갖춘 이가 아니면 교화를 베풀 수 없다. 아! 너 동국東國의 아무개는 정직하고 사심이 없는 데다 굳세고 결단력이 있으며, 아름다운 바탕이 뚜렷하고, 어리석은 이를 일깨울 재주를 지녔다. 살아생전에는 현달하거나 영예를 누리지 못했으나 죽은 뒤에 실로 법도가 드러날 것이니, 우리 백성이 길이 의지할 사람이 그대 말고 누구겠는가? 덕으로 이끌고 예의로 가지런히 하여 우리 백성을 지극한 선으로 이끌기를 기대하며, 몸소 행하고 마음으로 체득하여 세상을 평화롭게 만들기를 바라노라. 하늘이 임금을 세운 뜻을 본받고, 요임금이 순임금에게 왕위를 물려준 뜻을 본떠 내가 왕위를 물려주나니, 아! 그대는 공경할지어다!

박생이 왕의 명을 받들어 두 번 절하고 물러 나왔다. 왕은 다시 신하와 백성들에게 명을 내려 박생을 치하하게 하고, 태자太子의 예禮로 박생을 전송했다.

왕은 또 박생에게 이런 명을 내렸다.

"곧 돌아와야 하오. 그리고 가거든 내가 한 말을 인간 세상에 전파해 황당무계한 일들을 일소一掃했으면 하오."

박생이 다시 두 번 절하여 사례하고 말했다.

"분부하신 말씀의 만분의 일이라도 전하도록 하겠습니다."

이윽고 성문을 나왔는데, 수레를 몰던 이가 잘못해 수레가 전복되고 말았다. 박생이 땅에 쓰러졌다가 놀라 잠을 깨니, 한바탕 꿈이었다. 눈을 뜨고 살펴보니 책이 책상 위에 던져져 있고, 등불이 깜박거리고 있었다. 박생은 한참 의아해하다 자신이 곧 죽겠구나 생각했다. 그래서 날마다 집안일을 처리하는 데 마음을 쏟았다.

박생은 두어 달 뒤 병이 들었는데, 필시 못 일어나겠구나 싶어 의원醫員과 무당을 모두 물리친 채 세상을 하직했다. 박생이 죽던 날 밤에 사방 이웃 사람들의 꿈에 신인神人이 나타나 "네 이웃에 사는 아무개 공公이 곧 염라왕이 될 것이다"라고 했다고 한다.

용궁부연록

龍宮赴宴錄

용궁의 잔치에 초대받다

송도松都(개성)에 천마산¹이 있다. 공중에 높이 솟아 험준하므로 '천마'天磨라는 이름이 붙었다. 그 산속에 용추²가 있어 '박연'³이라 불리는데, 좁고 깊어 깊이가 몇 길이나 되는지 알 수 없다. 물이 넘쳐 폭포를 이루면 그 높이가 100여 길에 이른다. 경치가 맑고 아름다워 행각승이나 나그네는 반드시 이곳에 들러 관람했다. 예로부터 신령한 일이 전기傳記에 실려 전해 오므로,⁴ 나라에서는 명절에 제물을 바쳐 제사 지낸다.

전조前朝(고려)에 한생韓生이라는 이가 있었는데, 젊은 나이에 글을 잘 지어 조정까지 알려져 문사⁵로 일컬어졌다. 한생이 저물녘 자기 방에 편안히 앉아 있는데, 문득 푸른 적삼을 입고 복두를 쓴 낭관⁶ 두 사람이 하늘에서 내려와 뜰에 엎드려 말했다.

---

1. **천마산天磨山** 개성 북쪽에 있는 해발 757미터의 산. '천마'天磨는 '하늘에 맞닿아 있다'는 뜻.
2. **용추龍湫** 폭포수가 떨어지는 바로 밑에 있는 깊은 웅덩이.
3. **박연** 천마산 암벽에 있는 폭포로, 높이는 37미터다.
4. **예로부터 신령한~전해 오므로** 박연폭포의 용추에 용이 살아 조화를 부린다는 전설을 말한다.
5. **문사文士** 「취유부벽정기」의 남주인공 홍생도 문사로 설정되어 있다.

"박연의 신룡神龍께서 모셔 오라 하십니다."

한생은 깜짝 놀라 얼굴빛이 바뀌었다.

"신과 인간은 다른 세계에 속해 있는데 어찌 제가 갈 수 있겠습니까? 게다가 수부水府(용궁)는 아득히 멀고 풍랑이 사납거늘 어찌 쉽게 갈 수 있겠습니까?"

두 사람이 말했다.

"준마가 문 앞에 있으니 사양하지 마시기 바랍니다."

두 사람이 몸을 굽혀 인사한 뒤 한생의 소매를 잡고 문을 나서니 과연 총마7 한 필이 있었다. 금 안장 옥 굴레에다 황색 비단으로 머리를 쌌으며 날개가 있는 말이었다. 따르는 이들은 모두 붉은 두건을 쓰고 비단 바지를 입었는데, 여남은 명쯤 되었다.

한생을 부축해 말에 태우자 깃발과 일산을 든 사람이 앞에서 인도하고 기녀와 악공이 뒤따랐으며, 두 사람은 홀笏을 들고 따라왔다. 말이 공중으로 날아오르자 발 아래로 구름이 피어오르는 모습만 보일 뿐 아래에 있는 땅은 보이지 않았다. 눈 깜짝할 사이에 궁궐 문 밖에 도착해 말에서 내려섰다. 문지기들은 모두 게나 자라의 갑옷을 입었고, 들고 있는 창은 삼엄했으며, 눈자위가 한 치쯤 되었다. 이들은 한생을 보고 모두 머리를 숙여 절하더니 의자에 앉아 쉬기를 청했는데, 미리 기다리고 있었던 듯했다.

꽃꽃꽃꽃

6. **복두幞頭를 쓴 낭관郎官** '복두'는 관원이 관복을 입을 때 쓰던 관이고, '낭관'은 임금의 시종관侍從官.

7. **총마驄馬** 총이말. 갈기와 꼬리가 푸르스름한 백마.

두 사람이 종종걸음으로 들어가 보고하자 잠시 후 청동[8] 두 사람이 나와 공손히 두 손을 마주 잡고 인사하더니 한생을 인도해 안으로 들어갔다. 한생이 천천히 걸으며 궁궐 문을 올려다보니 현판에 '함인지문'[9]이라고 적혀 있었다.

한생이 문에 들어서자 절운관[10]을 쓰고 칼을 차고 홀笏을 든 신왕神王(용왕)이 내려와 한생을 맞았다. 신왕은 섬돌을 올라가 궁전에 오르더니 자리에 앉기를 청했는데, 바로 수정궁의 백옥상[11]이었다. 한생이 엎드려 굳이 사양하며 말했다.

"하토下土(인간 세계)의 어리석은 사람으로서 초목과 함께 썩을 몸이거늘, 어찌 신령스런 위엄을 범해 외람되이 극진한 대접을 받을 수 있겠습니까?"

신왕이 말했다.

"오랫동안 훌륭한 명성을 듣다가 존귀하신 모습을 뵙게 되었습니다. 모쪼록 의아히 여기지 마시기 바랍니다."

마침내 손을 들어 읍[12]하고 자리에 앉았는데, 한생은 세 번 사양한 뒤에야 자리에 앉았다. 왕이 앉은 칠보화상[13]은 남쪽을 향하고, 한생

8. **청동青童** 신선 세계에서 심부름하는 아이.
9. **함인지문含仁之門** 인仁을 머금은 문이라는 뜻.
10. **절운관切雲冠** 구름처럼 높이 솟은 모양의 관冠.
11. **수정궁水晶宮의 백옥상白玉床** '수정궁'은 용궁에 있다는 수정으로 만든 궁궐이고, '백옥상'은 백옥으로 만든 의자.
12. **읍揖** 두 손을 마주 잡아 얼굴 앞으로 들어 올린 후 허리를 구부렸다가 몸을 펴면서 손을 내리는 예.
13. **칠보화상七寶華床** 칠보로 화려하게 장식한 의자.

이 앉은 자리는 서쪽을 향했다. 한생이 미처 앉기도 전에 문지기가 말을 전했다.

"손님이 오셨습니다!"

왕이 또 문밖으로 나가 맞이했다. 붉은 도포를 입고 화려한 수레를 탄 세 사람이 있었는데, 위의威儀며 거느린 시종이 임금의 행차와 방불했다. 왕이 또 그들을 궁전으로 맞이했다. 한생은 창문 아래 조용히 서 있었으며, 이분들이 자리에 앉은 뒤 인사를 드리고자 했다. 왕이 세 사람에게 동쪽을 향해 앉도록 한 뒤에 말했다.

"마침 양계陽界(인간 세계)의 문사文士가 와 계셔서 여러분을 청했으니 의아하게 생각하지 말아 주십시오."

왕이 좌우의 사람들에게 명하여 한생을 모셔 오게 했다. 한생이 종종걸음으로 나와 공손히 절하자 세 사람도 모두 머리를 숙여 답배答拜했다. 한생이 앉기를 사양하며 말했다.

"존귀하신 신神들과 달리 저는 일개 가난한 선비이거늘, 어찌 감히 높은 자리에 앉겠습니까?"

굳이 사양하자 세 사람이 말했다.

"음계陰界와 양계는 길이 달라 서로 다스리지 못하지만 신왕은 위엄이 있으신 데다 사람을 알아보는 눈이 밝으시니, 선생은 필시 인간 세계의 문장 대가일 것입니다. 신왕의 명이니 거역하지 마시기 바랍니다."

신왕이 말했다.

"앉으시지요."

세 사람이 동시에 자리에 앉았다. 한생이 몸을 굽히고 조심조심

올라와 자리 앞에 꿇어앉자 신왕이 말했다.

"편히 앉으십시오."

모두 자리에 앉자 차를 한 잔씩 돌린 뒤 신왕이 말했다.

"과인에게 외동딸이 있는데, 이미 비녀 꽂을 나이[14]가 되어 시집 보내려 하고 있습니다. 하지만 거처가 궁벽하고 누추해 사위를 맞이할 집도 없고 화촉을 밝힐 방도 없기에 별당 한 채를 짓고 가회각佳會閣이라 이름을 붙이려 합니다. 목수도 이미 모았고 목재와 석재도 모두 마련했는데, 갖추지 못한 것은 상량문[15]뿐입니다. 그러던 차에 수재[16]의 명성이 삼한三韓(우리나라)에 드높고 재주가 여러 사람 중 으뜸이라는 말을 듣고 특별히 멀리서 모셔 왔습니다. 부디 과인을 위해 글을 지어 주시기 바랍니다."

말이 미처 끝나기 전에 동자 두 명이 들어왔다. 한 사람은 벽옥 벼루와 상죽[17] 붓을 받들고, 한 사람은 흰 비단 한 폭을 받들고 와서 한생 앞에 무릎 꿇고 바쳤다. 한생이 엎드려 절하고 일어나더니 붓을 적셔 곧바로 글을 완성했는데, 그 글씨는 구름과 안개가 서로 얽힌 듯 생동했다. 그 글은 다음과 같다.

꽃꽃꽃꽃

14. **비녀 꽂을 나이** 15세.
15. **상량문上梁文** '상량'은 예전에 한옥을 지을 때 기둥에 보를 얹고 그 위에 처마 도리와 중도리를 걸고 마지막으로 마룻대를 올리는 일을 말한다. 상량을 하면 집의 뼈대가 다 갖추어지기에 이때 지신地神(토지신)과 택신宅神(가옥의 신)에게 제사 지내고 상량문을 지어 읽는다. 상량문은 집을 지은 내력과 축원하는 말을 담은 글인데, 그 앞과 뒤는 변려문骈儷文이고 가운데는 6수의 시로 이루어진 형식이다.
16. **수재秀才** 젊은 선비를 높여 부르는 말.
17. **상죽湘竹** 중국 호남성湖南省 상강湘江 가에서 자라는, 검은 반점이 있는 대나무.

생각건대 하늘과 땅 사이에 용신龍神이 가장 신령하고, 사람 중에는 배필이 가장 중합니다. 이미 만물을 윤택하게 하신 공이 있거늘,[18] 어찌 성대한 복을 받을 터전이 없겠습니까? 그러므로 '관저호구'[19]는 만물이 조화를 이루는 시초를 나타낸 것이고, '비룡이견'[20]은 신령한 변화의 자취를 나타낸 것입니다.

그리하여 새 궁궐을 지어 성대한 이름을 붙인 뒤 교룡과 악어를 모아 힘을 쓰게 하고, 보배로운 조개를 모아 재목으로 삼으며, 수정과 산호로 기둥을 세우고, 용골龍骨(용의 뼈)과 낭간[21]으로 들보를 거니, 주렴을 걷으면 산기운이 푸르고, 옥으로 만든 창을 열면 골짝의 구름이 에워쌉니다. 가정이 화목하여 만년 동안 큰 복을 누릴 것이며, 부부가 사랑하여 억만년 동안 귀한 자손이 번창할 것입니다. 풍운風雲의 변화에 의지해 조화造化의 공을 도우사, 하늘에 계시든 연못에 계시든 백성의 갈망을 풀어 주고,[22] 물속에 계시든 물 밖으로 솟구치시든 상제上帝의 어

---

18. **만물을 윤택하게 하신 공이 있거늘** 용이 비를 내리게 한다는 속설이 있기에 한 말.
19. **관저호구關雎好逑** 『시경』국풍國風「관저」關雎의 "꾸르르 우는 물새 한 쌍/물가 모래섬에 있네/요조숙녀는/군자의 좋은 짝이네"(關關雎鳩, 在河之洲. 窈窕淑女, 君子好逑)라는 구절에 나오는 말로, 군자와 숙녀의 아름다운 만남을 뜻한다. 여기서는 용왕의 딸이 혼인을 앞두고 있기에 이 말을 했다.
20. **비룡이견飛龍利見** 『주역』의 "나는 용이 하늘에 있으니, 대인을 만나 봄이 이롭다"(飛龍在天, 利見大人)라는 구절을 말한다. 원래 성인聖人이 천자의 지위를 얻은 뒤 큰 덕을 지닌 현인을 만나 함께 천하의 일을 이루는 것이 이롭다는 뜻인데, 여기서는 용왕이 사위를 얻는 일을 두고 이리 말했다.
21. **낭간琅玕** 신선 세계에 있다는 나무.
22. **백성의 갈망을 풀어 주고** 가뭄에 단비를 내리게 한다는 말.

124

진 마음을 도우사, 기세가 천지에 떨치고 위엄과 덕이 원근에 가득합니다. 그리하여 검은 거북이와 붉은 잉어가 춤추며 노래하고, 나무귀신과 산도깨비가 차례로 와서 축하합니다. 이에 짧은 노래를 지어 아로새긴 대들보에 걸고자 합니다.

떡을 던져라, 들보 동쪽에.[23]
울긋불긋 높은 산이 푸른 하늘 버티고 섰네.
밤새도록 우렛소리 시내에 가득한데
만 길 푸른 벼랑에 구슬이 영롱하네.

떡을 던져라, 들보 서쪽에.
구불구불 바윗길에 산새가 우네.
깊디깊은 용추 몇 길이나 되나
그 봄물 맑아 유리와 같네.

떡을 던져라, 들보 남쪽에.
십 리 뻗은 소나무 잎갈나무[24]에 푸른 산기운 어렸네.
으리으리한 신궁神宮(용궁)을 그 누가 알까

꿍꿍꿍꿍

23. **떡을 던져라, 들보 동쪽에** 상량식上梁式을 할 때 도편수가 대들보에서 떡을 동·서·남·북·상·하 여섯 방향으로 던지며 상량문을 낭송한다. 중국에서는 만두를 던졌다.
24. **잎갈나무** 원문은 "杉"(삼)으로, 삼나무가 아니라 잎갈나무를 가리킨다. 35미터쯤 자라며, 소나뭇과에 속하나 가을에 잎이 지므로 '잎을 가는 나무'라는 뜻에서 '잎갈나무'라고 하는데, 와전되어 '이깔나무'라고도 한다.

푸른 유리 바닥에 그림자만 비치네.

떡을 던져라, 들보 북쪽에.
아침 해 떠올라 못물이 거울처럼 푸르네.
흰 명주 삼백 장丈이 하늘에 비껴 있어[25]
하늘의 은하수가 땅에 떨어졌나 의심되네.

떡을 던져라, 들보 위로.
흰 무지개 어루만지며 들판에 노니네.
발해와 부상[26] 사이 수만 리라지만
인간 세계 돌아보니 손바닥 같네.

떡을 던져라, 들보 아래로.
애석해라 봄밭 가물어 아지랑이 피어오르네.
신령스런 물 한 방울 가져와
온 세상에 단비를 뿌리고 싶네.

이 집을 짓고 나서 혼례 올리는 날에 만복과 상서로운 일이 모
두 이르러, 요궁과 옥전[27]에 경사스런 구름이 자욱하고 봉황 베

❧❧❧
25. **흰 명주~비껴 있어** 아침 해가 하늘에 비치는 것을 말한다.
26. **발해渤海와 부상扶桑** '발해'는 중국 요동반도와 산동반도에 둘러싸인 바다를 말하고, '부상'은
바다 동쪽 2만 리 지점에 있다는 해 돋는 곳을 말한다.
27. **요궁瑤宮과 옥전玉殿** 신선 세계에 있다는, 옥으로 만든 궁전.

126

개와 원앙 이불에 환희의 소리가 드높아 그 덕이 크게 드러나
고 그 신령함이 빛나기를 바라옵나이다.

한생이 글을 다 써서 올리니 신왕이 매우 기뻐했다. 신왕이 세 명
의 신에게 돌려 보게 하니 신들도 모두 혀를 차며 감탄했다. 그리하
여 용왕이 윤필연[28]을 열자 한생이 꿇어앉아 말했다.

"존귀한 신들께서 모두 모이셨는데, 감히 성함을 여쭙지 못했습니
다."

신왕이 말했다.

"수재는 양계 사람이니 모르시는 게 당연합니다. 첫째 분은 조강
신, 둘째 분은 낙하신, 셋째 분은 벽란신입니다.[29] 수재와 한자리에
모시고 싶어 초대했습니다."

술상이 차려지고 음악 연주가 시작되었다. 미인 10여 명이 푸른
소매를 흔들며 진귀한 꽃을 머리에 꽂고 앞으로 나왔다 뒤로 물러났
다 춤을 추며 「벽담곡」碧潭曲(푸른 용추의 노래)을 불렀다.

　　　푸른 산 울창하고
　　　푸른 용추 깊고 넓네.

쏴아 쏟아지는 폭포물 소리

하늘 위 은하수까지 닿네.

물결 한가운데 계신 님

패옥 소리 낭랑하네.

위엄이 혁혁히 빛나고

기개가 헌걸차네.

길일을 택해

훌륭한 사위를 맞으리.[30]

높이 솟은 아름다운 집에

상서로움 한없이 이어지리.

문사를 모셔다 글을 짓게 하고[31]

성대한 교화를 노래하며 들보를 올리네.

좋은 술 따라 권하니

봄빛을 좇아 제비가 돌아오네.

향로는 상서로운 향기 뿜어내고

돌솥에선 진귀한 음식이 끓네.

탁탁 목어[32]를 두드리고

박자에 맞춰 용적[33]을 부네.

❧ ❧ ❧

30. **훌륭한 사위를 맞으리** 원문은 "占鳳"(점봉)으로 사위를 택한다는 뜻인데, 여기서는 사위를 맞이한다는 뜻으로 썼다.

31. **문사를 모셔다 글을 짓게 하고** 상량문을 짓게 한 것을 말한다.

32. **목어木魚** 나무로 만든 물고기 모양의 북으로, 각종 의식儀式에 사용한다.

33. **용적龍笛** 나무로 만든 피리의 일종. 용 울음소리와 비슷하다는 전설 때문에 이런 이름이 붙었다.

신이 의젓이 용상龍床에 계시니

지극한 덕을 우러러 잊을 수 없네.

춤이 끝나자 이번에는 동자 10여 명이 왼손에 피리를 들고 오른손
에 깃털 장식이 달린 기³⁴를 든 채 빙글빙글 돌고 서로 돌아보며 「회
풍곡」³⁵을 불렀다.

산기슭에 계신 님

덩굴 옷 입고 여라를 띠었네.³⁶

해 질 녘에 맑은 물결 이니

잔잔한 파문 비단과 같네.

바람 불어 귀밑머리 휘날리고

구름은 흘러가고 옷자락은 하늘하늘.

빙빙 돌며 춤추고

방긋 웃으며 오고 가네.

내 옷은 여울 가에 벗어 두고

내 반지는 차가운 모래밭에 빼 놓았네.

뜨락의 사초³⁷는 이슬에 젖고

---

34. **깃털 장식이 달린 기旗** 춤출 때 쓰는 기구.
35. **「회풍곡」回風曲** 한나라 무제武帝의 총애를 받았던 궁녀 여연麗娟이 부른 노래 제목. 여연이 「회풍
곡」을 부르자 궁궐의 온갖 꽃이 춤추며 날고 새들이 일제히 울었다고 한다. '회풍'은 회오리바람.
36. **산기슭에 계신~여라女蘿를 띠었네** 『초사』楚辭 「산귀」山鬼에서 따온 구절. '덩굴 옷'과 '여라 띠'
는 깊은 산중에 사는 은사隱士의 복장.

높은 산에 안개가 어둑하네.

먼 봉우리 바라보니 삐죽빼죽한데

마치 강물의 푸른 소라 같네.[38]

이따금 징을 치며

술에 취해 비틀비틀 춤을 추네.

술은 강물처럼 많고

고기는 언덕처럼 쌓였네.

손님은 취해 얼굴이 발그레한데

새 곡을 지어 흥겹게 노래 부르네.

서로 부축도 하고 당기기도 하고

서로 손뼉도 치고 웃기도 하네.

술동이 두드리며 아무 일 않고 마시거늘[39]

맑은 흥취 다하자 슬픔이 많네.

춤이 끝나자 신왕이 기뻐서 손뼉을 치더니 술잔을 씻고 술을 따라 한생 앞으로 보냈다. 그러고 나서 신왕은 직접 옥피리로 「수룡음」[40]

ꙮꙮꙮꙮ

37. **사초莎草** 해변이나 물가에 자라는 풀.

38. **푸른 소라 같네** 옛날에 푸른 산을 흔히 소라에 비유했다.

39. **아무 일 않고 마시거늘** 원문은 "飮無何"(음무하)로, 한漢나라 원앙爰盎이 오국吳國의 상相으로 가서 날마다 술만 먹고 다른 일은 하지 않음으로써(日飮無何) 무사했다는 고사(『사기』史記 「원앙 조조 열전」爰盎晁錯列傳)에서 유래하는 말이다.

40. **「수룡음」水龍吟** 사패詞牌의 하나. 고려와 조선의 궁중에서도 연주되었다. 「수룡음」에는 정체 正體와 변체變體가 있다. 정체는 전단前段 11구, 후단後段 11구이며, 자수는 102자다. 변체는 스 물네 가지가 있는데, 그 자수는 101자, 102자, 104자, 106자다. 김시습이 지은 「수룡음」은 전단 11구, 후단 11구에 자수가 103자인데, 103자체字體는 사보詞譜에 보이지 않아 김시습의 창안이

130

한 곡조를 연주해 즐거운 마음을 다했다. 그 노랫말은 다음과 같다.

음악 소리 울리는 속에 술잔을 돌리니

기린 모양의 향로가 용뇌향[41]을 뿜네.

옥피리 비껴 부니

소리가 하늘로 오르네.

구름이 사라지자

피리 소리가 파도를 격동하고

곡조가 바람과 달을 놀라게 하는데

경치는 한가롭고 사람은 늙어 가네.

서글퍼라 세월은 쏜살같고

풍류는 꿈과 같아

즐거움이 다시 번뇌를 낳누나.

서산에 푸르스름한 이내[嵐] 흩어지자

기뻐라, 동쪽 봉우리에 맑은 달 떠올라.

술잔을 들어 묻노라

푸른 하늘의 밝은 달이여

세상의 아름답고 추한 모습 얼마나 보았나?

황금 술독에 술이 가득한데

라 할 만하다. 종전의 이 작품 번역은 모두 정확하지 않다. 전단과 후단을 구분하지 못했을 뿐만 아니라 구두를 제대로 떼지 못했다.

41. **용뇌향龍腦香** 동남아시아에 나는 용뇌수龍腦樹에서 채취한 향료.

옥산이 무너졌거늘
쓰러뜨린 자 누구런가?[42]
아름다운 손님을 위해
십 년 맺힌 우울함 모두 떨쳐 버리고
저 푸른 하늘 위로 상쾌히 오르세.

노래가 끝나자 신왕이 좌우를 돌아보며 말했다.

"이곳의 놀음은 인간 세상과 다르니, 너희는 손님을 위해 재주를
보이도록 하라."

한 사람이 나섰는데, 자칭 곽개사[43]라는 자였다. 곽개사가 발을 들
어 옆으로 걸어 나오더니 이렇게 말했다.

"저는 바위 굴에 숨어 사는 선비요, 모래 구멍 속에 사는 은자입니
다. 8월에 바람이 맑으면 동해의 해신海神에게 까끄라기를 보내고,[44]
구천九天 하늘에 구름이 흩어지면 남쪽의 정성[45] 곁에서 빛을 머금습
니다. 속은 누렇고 겉은 둥글며, 견고한 갑옷을 입고 날카로운 무기
를 들었습니다.[46] 항상 사지가 잘리는 형벌을 받고 솥에 들어가지만,

꿈꿈꿈

42. 옥산玉山이 무너졌거늘 쓰러뜨린 자 누구런가 '술에 만취해 쓰러졌다'는 뜻으로, 이백李白이 지
은 「양양가」襄陽歌의 "옥산은 절로 무너지지 누가 밀어서가 아니라네"(玉山自倒非人推)라는 구
절에서 따온 말. '옥산'은 용모가 수려한 사람을 가리키는 말.

43. 곽개사郭介士 게를 의인화한 명칭. '곽'郭은 게의 걸음걸이를 형용하는 말인 '곽색'郭索에서 따
왔고, '개'介는 등딱지가 있는 갑각류 생물을 뜻한다.

44. 8월에 바람이~까끄라기를 보내고 게는 음력 8월 뱃속에 든 까끄라기(稻芒)를 동해의 해신海神
에게 보낸 뒤에야 먹을 수 있다는 말이 『유양잡조』酉陽雜俎에 보인다.

45. 정성井星 정수井宿. 28수의 하나로, 남방에 있는 별자리. 쌍둥이자리의 일부이며, 그 곁에 게자
리(巨蟹座)가 있다.

온몸이 다 갈리도록 사람을 이롭게 합니다. 맛과 풍취는 용사들을 기쁘게 하고, 생김새와 옆으로 걷는 모습[47]은 부인들에게 웃음을 선사합니다.

조왕 사마륜은 저를 물속에서 봐도 미워했으나,[48] 전곤은 외직에 나가서도 늘 저를 생각했습니다.[49] 저는 죽어서 진나라 필탁의 손에 들어갔고,[50] 제 초상화는 당나라 한황이 그렸습니다.[51] 지금 이 자리를 만나 연희를 하게 되었으니, 다리를 놀려 춤을 춰 보겠습니다."

즉시 자리 앞에서 갑옷을 입고 창을 쥐고, 거품을 내뿜으며 눈을 부릅떴다. 그러고는 눈동자를 굴리고 사지를 흔들며 비척비척 재빨리 앞으로 나아갔다 뒤로 물러서며 팔풍무[52]를 추었다. 그 무리 수십

꽃꽃꽃

46. 견고한 갑옷을~무기를 들었습니다   『전국책』戰國策, 『사기』「진섭 세가」陳涉世家 등에서 따온 말.

47. 옆으로 걷는 모습   원문은 "郭索"(곽색)이다. 게가 기어가는 모습, 혹은 게를 이르는 별칭.

48. 조왕趙王 사마륜司馬倫은~봐도 미워했으나   사마륜은 사마의司馬懿의 아들로, 서진西晉의 제후였다. 사마륜과 장군 해계解系가 함께 강족羌族의 침입에 맞섰는데, 군대 운용을 두고 심하게 다툰 뒤 오랜 원한 관계를 맺게 되었다. 훗날 사마륜이 해계 형제를 가두고 죽이려 할 때 사마륜의 형인 양왕梁王 사마동司馬肜이 이를 막자 사마륜은 "나는 물속에서 게만 보아도 싫소"라고 말했다. '게 해蟹' 자가 해계의 성씨와 같은 음이기 때문에 한 말이다. 사마륜은 마침내 해계 형제를 죽였다.

49. 전곤錢昆은 외직外職에~저를 생각했습니다   북송北宋의 문신 전곤은 지방관으로 나갈 임지를 신청할 때 "게가 있고 통판通判이 없는 곳이라면 만족합니다"(구양수歐陽脩의 『귀전록』歸田錄)라고 했다. 항주杭州 출신의 전곤이 게 요리를 지극히 좋아했고, 송나라 때 각 주州에 통판 벼슬을 두어 고을 수령을 감찰하게 했기에 한 말이다.

50. 저는 죽어서~손에 들어갔고   진晉나라 때 이부 상서를 지낸 필탁畢卓은 게 요리와 술을 매우 좋아해서 "왼손에 게의 집게발을 쥐고 오른손에 술잔을 쥔 채 술 연못에 떠 있으면 한평생을 마칠 수 있다"(『세설신어』世說新語)고 했다.

51. 제 초상화는~한황韓滉이 그렸습니다   당나라의 문신으로 그림에 능했던 진국공晉國公 한황이 인물화와 동물화를 잘 그렸는데, 특히 게 그림을 정묘하게 그렸기에 한 말.

52. 팔풍무八風舞   당나라 중종中宗 때의 문신이자 학자인 축흠명祝欽明이 궁중 잔치에서 추었다는

명이 몸을 돌리고 엎드리며 일시에 절도 있게 춤을 추자 곽개사가
노래를 지어 불렀다.

　　　강과 바다에 의지해 구멍 속에 살지만
　　　기개는 범과 다투네.
　　　키가 9척이라 공물에 들고[53]
　　　종류가 열 가지라 이름도 많네.
　　　신왕의 아름다운 잔치 기뻐하여
　　　발 구르며 옆으로 걷네.
　　　연못에 잠겨 홀로 살기 좋아해
　　　강가 갯벌의 등불 빛에 놀라네.
　　　은혜에 보답하려 구슬 눈물 흘린 게 아니요[54]
　　　원수를 갚기 위해 창을 든 게 아니라네.
　　　아아, 호수 다리의 큰 족속[55]은
　　　내가 창자가 없다고 비웃었지.[56]

춤. 머리를 흔들고 퉁방울눈으로 좌우를 돌아보며 채신없이 우스꽝스러운 춤을 추자 황제가 크
게 웃었으나 신하들의 비웃음거리가 되었다고 한다(『신당서』新唐書 「축흠명전」祝欽明傳).
53. **키가 9척이라 공물貢物에 들고**　후한後漢의 학자 곽헌郭憲이 지은 『한무동명기』漢武洞冥記에 "선
　　원국선苑國에서 게 한 마리를 공물로 바쳤는데, 길이가 9척에 100개의 다리와 4개의 집게발이 있
　　어 백족해百足蟹라고 이름 지었다"라는 기록이 보인다.
54. **은혜에 보답하려~흘린 게 아니요**　'구슬 눈물'은 게가 뿜어내는 거품을 말한다. 남해의 인어가
　　인가에 여러 날 머물다 떠날 때 주인에게 은혜를 갚기 위해 쟁반에 눈물을 흘리니 눈물이 구슬로
　　변했다는 고사(장화張華의 『박물지』博物志)가 있기에 한 말.
55. **호수濠水 다리의 큰 족속**　인간을 가리킨다. 장자莊子와 혜자惠子가 호수濠水(안휘성安徽省 봉양
　　현鳳陽縣에 있는 강)의 다리 위에서 노닐던 중 사람이 물고기의 마음을 알 수 있는지 논쟁을 벌
　　였던 일(『장자』莊子 「추수」秋水)이 있기에 한 말.

그러나 군자에 견줄 만하니

덕이 뱃속에 가득해 속이 누렇다네.

아름다움이 그 속에 있어 사지에 나타나고[57]

옥처럼 흰 집게발에 향기가 맺혔네.

오늘 밤은 어떤 밤인가?

요지[58]의 잔치에 왔네.

신왕께선 고개 들고 노래하시고

손님들은 취하여 서성이누나.

황금 궁전에 백옥상白玉床

관현管絃의 음악 속에 큰 술잔 돌리네.

기이한 세 피리로 군산을 울리고[59]

선부의 아홉 주발[60]에 담긴 신선의 음료 실컷 마시네.

산도깨비는 훌쩍 날아오르고

❧❧❧❧

56. **내가 창자가 없다고 비웃었지** 흔히 게를 '무장공자'無腸公子(창자가 없는 공자)라고 부르기에 한 말.

57. **아름다움이 그~사지四肢에 나타나고** 『주역』 곤괘의 "아름다움이 그 가운데 있어 사지에 나타나며"(美在其中而暢於四支)에서 따온 말. 군자의 내면에 쌓인 덕이 온몸에 드러난다는 뜻으로, 여기서는 게살이 몸통에서 다리까지 퍼져 있음을 빗대어 표현한 말.

58. **요지瑤池** 티베트고원 북쪽의 곤륜산崑崙山에 있다는 연못. 곤륜산의 선녀 서왕모西王母가 요지에서 3천 년에 한 번 열매 맺는다는 반도蟠桃(신선 세계의 복숭아)를 내놓고 잔치를 벌였다는 전설이 있다.

59. **기이한 세 피리로 군산君山을 울리고** '기이한 세 피리'는 생황과 필률篳篥(구멍이 여덟 개 있고 피리서를 꽂아서 부는 목관 악기)과 용적龍笛을 이른다. '군산'은 동정호洞庭湖 한가운데 있는 산으로, 예전에 어떤 늙은 신선이 여기에 와 피리를 불자 뭇 짐승이 우짖고 달이 빛을 잃었다고 한다(『박이지』博異志「여향균」呂鄉筠).

60. **선부仙府의 아홉 주발** 신선 세계에서 쓰는 아홉 가지 그릇.

물고기는 펄쩍 뛰어오르네.

산에는 개암나무, 습지에는 감초

미인을 그리워해 잊지 못하네.[61]

　왼쪽으로 돌다가 오른쪽으로 몸을 꺾고 뒷걸음질치다가 얼른 앞
으로 나오는 춤 동작에 좌중의 모든 이가 배를 잡고 웃었다.

　놀음이 끝나자 또 한 사람이 나섰는데, 자칭 현선생[62]이라고 했다.
꼬리를 끌고 목을 빼며 기운을 토하고 눈을 부릅뜬 채 앞으로 나와
말했다.

　"저는 시초 덤불에 사는 은자[63]요, 연잎에서 노니는 사람[64]입니다.
낙수에서 등에 글을 지고 나와 하나라 우왕의 공적을 알리고,[65] 청강
에서 그물에 잡혀 원군의 거북점에 신효를 드러냈습니다.[66] 배가 갈

✿✿✿✿

61. 산에는 개암나무~잊지 못하네　『시경』 패풍邶風 「간혜」簡兮의 "산에는 개암이 있고/습지에는 감
　　초가 있네/누구를 그리워하나/서쪽에 있는 미인이지"(山有榛, 隰有苓. 云誰之思, 西方美人)에서
　　유래하는 말.
62. 현선생玄先生　거북을 의인화한 명칭. 당나라 한유韓愈의 「맹동야실자」孟東野失子, 이규보李奎報
　　의 「청강사자현부전」清江使者玄夫傳 등에서 거북을 현부玄夫라고 일컬었다.
63. 시초蓍草 덤불에 사는 은자　『사기』「귀책 열전」龜策列傳에 "우거진 시초가 위에 있으면 신령
　　스러운 거북이 아래 있다"(上有擣蓍, 下有神龜), "시초에 100개의 줄기가 다 나면 반드시 그 아
　　래 신령스런 거북이 있어 시초를 지킨다"(蓍生滿百莖者, 其下必有神龜守之)라는 구절이 있기에
　　한 말. 고대 중국에서 점을 칠 때 시초와 귀갑龜甲을 썼는데, 특히 시초는 100년 동안 한 뿌리에
　　100개의 줄기가 나는 신령한 풀로 여겨 그 줄기로 주역점을 쳤다.
64. 연잎에서 노니는 사람　『사기』「귀책 열전」에 "거북은 천 년을 살아야 연잎 위에서 노닌다"(龜千
　　歲乃游蓮葉之上)라는 구절이 있기에 한 말.
65. 낙수洛水에서 등에~공적을 알리고　하夏나라 우왕禹王이 홍수를 다스릴 때 낙수(낙양洛陽 남쪽
　　을 흐르는 강)에서 나온 신귀神龜의 등에 1부터 9까지의 수를 나타내는 도상圖像이 있었다고 하
　　는데, 이를 낙서洛書라고 한다. 우왕은 낙서에 의거해 홍범구주洪範九疇를 지었다고 한다.

라져 사람을 이롭게 하지만, 껍질이 벗겨지는 것은 견디기 어렵습니다. 노나라 장공은 방을 멋있게 꾸며 저의 등껍질을 소중히 보관했거늘,[66] 돌처럼 굳센 마음에 검은 갑옷을 입고 가슴속에서 장사壯士의 기운을 토합니다. 노오는 바다에서 제 등에 걸터앉았고,[68] 모보는 강 가운데 저를 놓아주었습니다.[69] 살아서는 태평성대의 진귀한 존재요, 죽어서는 영계靈界의 보배가 되었습니다. 마땅히 입을 크게 벌리고 기운을 토해 한번 장륙[70]의 천년 쌓인 회포를 풀어 보겠습니다."

자리 앞으로 나아가 기운을 폴폴 토하니 100여 척이나 되는 실오라기 같았는데, 숨을 한 번 들이마시자 흔적도 없이 사라졌다. 혹은 목을 움츠리며 사지를 감추고, 혹은 목을 길게 늘여 빼고 머리를 흔들더니, 이윽고 천천히 앞으로 나와 구공무[71]를 추며 홀로 앞으로 나

ꡠꡠꡠꡠ

66. **청강淸江에서 그물에~신효神效를 드러냈습니다** 『장자』「외물」外物의 다음 고사를 말한다. 춘추시대 송나라의 군주인 원군元君(원공元公)의 꿈에 한 사내가 나타나 자신은 청강(호북성에 있는 양자강揚子江의 지류) 신의 사자使者로 하백河伯에게 가는 중이었는데 어부 여저余且의 그물에 잡혔다고 말했다. 원군이 꿈에서 깨어 점을 쳐 보니 꿈속의 사내는 신귀神龜라고 했다. 원군이 그 거북을 얻어 죽여서 거북점을 쳤는데, 72번 점을 쳐 전부 들어맞았다.

67. **노魯나라 장공臧公은~소중히 보관했거늘** '장공'은 춘추시대 노나라의 대부大夫 장문중臧文仲을 말하는데, 점을 칠 때 쓰는 귀갑龜甲을 보관하는 방을 만들면서 두공斗栱(기둥 위에 받쳐 들보를 괴는 목재)에 산을 새기고 동자기둥에 마름을 그려 장식했다(『논어』論語「공야장」公冶長).

68. **노오盧敖는 바다에서~등에 걸터앉았고** 진시황 때의 방사方士 노오가 북해北海에서 노닐다가 거북의 등에 걸터앉아 조개를 먹고 있는 신선을 만나 이야기를 나누었다는 고사가 있다(『회남자』淮南子). 이 고사에서 보듯 거북의 등에 걸터앉은 사람은 노오가 아니라 신선이다.

69. **모보毛寶는 강~놓아주었습니다** 동진東晉의 장군 모보 휘하의 병사 한 사람이 시장에서 흰 거북을 사서 기르다가 강물에 방생한 일이 있었는데, 훗날 그 병사가 전투에 패해 강물에 투신했으나 자신이 방생했던 거북의 도움으로 목숨을 건졌다는 고사가 있다(『진서』晉書「모보 열전」毛寶列傳). 이 고사에서 보듯 거북을 방생한 사람은 모보가 아니라 모보의 병사다.

70. **장륙藏六** 거북을 말한다. 머리, 꼬리, 네 다리의 여섯 부분을 감출 수 있기에 붙은 별칭이다.

71. **구공무九功舞** 당나라 태종太宗 때 궁중 연회에서 추던 춤 이름.

아갔다가 뒤로 물러났다 했다. 그러고는 노래를 지어 불렀다.

　　　산과 못에 의지해 홀로 살며

　　　호흡을 아껴 장수하네.

　　　천 년을 살면 모르는 것이 없고[72]

　　　열 개의 꼬리[73] 흔들며 가장 신령스럽네.

　　　진흙 속에 꼬리를 끌고 다닐망정

　　　묘당廟堂(종묘)에 간직되기는 바라지 않네.[74]

　　　연단[75]을 하지 않아도 오래 살고

　　　도를 배우지 않아도 영묘함이 으뜸이네.

　　　천 년 만에 성군聖君을 만나

　　　상서로운 조짐을 환히 드러냈네.

　　　수족水族의 어른이 되어

　　　『연산』과 『귀장』을 도왔네.[76]

꾸꾸꾸꾸

72. **모르는 것이 없고**　원문은 "五聚"(오취)로, '모르는 것이 없다'는 뜻. 『산당사고』山堂肆考에 "이
　　백 살의 거북을 '일총귀'一總龜라 하고, 천 살의 거북을 '오총귀'五總龜라 하는데, 거북이 천 년을
　　살면 오취五聚해 물어서 모르는 것이 없어서다"라는 말이 보인다.

73. **열 개의 꼬리**　거북은 꼬리가 백 살이면 하나이고, 천 살이면 열 개라고 한다(『산당사고』).

74. **진흙 속에~바라지 않네**　『장자』 「추수」秋水에서 유래하는 말. 초楚나라 임금이 장자를 등용하려
　　하자 장자가 "초나라의 신귀神龜가 죽은 지 3천 년이 되었지만 임금이 상자에 넣어 묘당에 간직
　　했다고 들었소. 이 거북은 죽은 뒤 남은 뼈가 존귀해지기를 바랐겠소? 살아서 진흙 속에 꼬리를
　　끌고 다니기를 바랐겠소?"라고 말한 뒤 초빙을 거절했다.

75. **연단鍊丹**　도교에서 불로장생을 위해 단약丹藥을 만드는 외단外丹과 기식氣息을 조절하는 내단
　　內丹을 통칭하는 말.

76. **『연산』連山과 『귀장』歸藏을 도왔네**　길흉을 점치는 데 도움이 되었다는 뜻. 『연산』은 하夏나라의
　　역이고, 『귀장』은 상商나라의 역. 『주역』과 함께 삼역三易으로 불렸다.

문자를 등에 지고 나와 수數가 생겨났고[77]

길흉을 알려 줘 계책을 이루게 했네.

지혜가 많아도 곤액을 당하고

능력이 많아도 미치지 못하는 바가 있네.

심장을 가르고 등 태우는 일 면하지 못해

물고기와 새우를 벗 삼아[78] 자취를 숨겼네.

아아, 목을 빼고 발을 들어

궁궐 잔치에 참석했네.

용왕의 신령한 변화 축하하고

선비의 뛰어난 글솜씨[79] 감상하네.

술이 나오고 풍악 잡히니

즐거움이 무궁하네.

북 치고 퉁소 부니

깊은 구렁에 잠긴 이무기도 춤을 추네.

산과 못의 도깨비 모여들고

강하의 군장들[80] 다 모였네.

온교가 무소뿔을 태운 듯[81]

꽃꽃꽃꽃

77. **문자를 등에~수數가 생겨났고** 낙서洛書를 말한다. 주 65 참조.
78. **물고기와 새우를 벗 삼아** 소동파蘇東坡의 「적벽부」赤壁賦에서 따온 말.
79. **선비의 뛰어난 글솜씨** 한생의 빼어난 글재주를 말한다. 원문은 "呑龜之筆力"(탄귀지필력)인데, 빼어난 글재주를 '탄조'呑鳥라고 하는 데 착안해 "탄귀"呑龜라는 표현을 쓴 것으로 보인다. '탄조'는 동진의 문인 나함羅含이 꿈에 기이한 새를 삼킨 뒤 문장력이 날로 새로워졌다는 고사에서 유래하는 말이다.
80. **강하江河의 군장君長들** 조강신, 낙하신, 벽란신을 가리킨다.

우왕의 솥을 보고 물귀신들이 부끄러워하는 듯.[82]

앞뜰에서 서로 춤추고

익살스런 말로 웃기며 손뼉을 치기도 하네.

해 저물어 바람이 이니

어룡魚龍이 날고 물결이 출렁이네.

좋은 시절 자주 오지 않나니[83]

마음이 격앙되어 강개해지네.[84]

　노래가 끝났지만 현선생은 여운이 남아 머뭇거리다가 펄쩍 뛰어
오르며 몸을 숙였다 폈다 했다. 그 모양을 형용할 수 없어 자리에 앉
은 모든 이가 웃음을 터뜨렸다.

　놀음이 끝나자 나무와 바위에 붙어사는 도깨비들과 산속의 정령精靈
들이 일어나 저마다 장기를 펼쳐 보였다. 어떤 것은 휘파람을 불고
어떤 것은 노래를 부르고, 어떤 것은 춤을 추고 어떤 것은 피리를 불
고, 어떤 것은 손뼉을 치고 어떤 것은 펄쩍펄쩍 뛰었다. 꼬락서니는

81. **온교溫嶠가 무소뿔을 태운 듯**　동진의 명장 온교가 우저기牛渚磯(안휘성 마안산시馬鞍山市) 서남
　　쪽의 양자강변에 이르렀을 때 강의 깊이를 헤아릴 수 없었는데, 고을 사람들이 물속에 괴물이 많
　　이 산다고 하여 온교가 무소뿔에 불을 붙여 강물 속을 비추니 과연 물속에 기괴한 형상의 괴물들
　　이 보였다고 한다(『진서』「온교 열전」溫嶠列傳).
82. **우왕禹王의 솥을~부끄러워하는 듯**　'우왕의 솥', 곧 우정禹鼎은 하나라 우왕이 구주九州의 쇠를
　　모아 만들었다는 솥. 우왕이 솥의 표면에 만물의 형상을 그려 백성들에게 신령한 존재와 간사한
　　요괴를 구별해 알 수 있게 하자 산도깨비와 물귀신이 백성들 앞에 나타나지 못했다고 한다(『춘
　　추좌전』春秋左傳 선공宣公 3년조).
83. **좋은 시절 자주 오지 않나니**　『초사』楚辭의 구가九歌「상부인」湘夫人에 나오는 말.
84. **마음이 격앙되어 강개해지네**　서진西晉의 문신 성공수成公綏의「소부」嘯賦에 나오는 말.

달랐지만 소리는 같았는데, 이런 노래를 지어 불렀다.

    못에 계신 신룡

    어느 때 하늘에 오르시어

    천년만년

    그 복이 길이 이어지리.

    겸손한 예로 어진 군자 초대하시니

    의젓한 모습 신선과 같네.

    새로 지은 상량문 보니

    주옥을 꿴 듯하네.

    옥돌에 새겨

    천 년 후까지 길이 전하리.

    군자가 돌아가니

    아름다운 잔치 열렸네.

    「채련곡」[85]을 노래하고

    사뿐사뿐 묘한 춤을 추네.

    둥둥 북소리

    구성진 거문고 소리와 어우러지네.

    큰 술잔 한번에 다 비우니[86]

---

85. **「채련곡」採蓮曲** 중국 강남 지방의 부녀들이 배를 타고 연밥을 딸 때 부르던 노래로, 이성異性을
    그리워하는 마음을 읊었다.

86. **큰 술잔~다 비우니** 원문은 "一棹艎船"(일도굉선)으로, 당나라 두목杜牧의 시 「제선원」題仙院 중
    "큰 술잔 한번에 다 비우니"(艎船一棹百分空)라는 구절에서 따온 말이다. '굉선'艎船은 큰 술잔.

큰 고래가 일백의 시내 들이마시는 것 같네.[87]
서로 공경하며 예를 갖추니
즐겁지만 허물이 없네.

노래가 끝나자 강하의 군장들이 꿇어앉아 시를 지어 올렸다. 첫째
자리에 앉은 조강신의 시는 다음과 같다.

푸른 바다로 쉼 없이 흐르는 강물
닫는 물결에 가벼운 배 띄웠네.
구름이 막 흩어지니 물가에 달 잠기고
밀물이 들어오려 해 바람이 모래톱에 가득하네.
햇살이 따뜻해 거북과 물고기 한가롭게 출몰하고
물결이 맑아 오리가 자유롭게 부침浮沈하네.
해마다 바위에 부딪쳐 수없이 울부짖었네만
오늘 밤 즐거움으로 온갖 근심 쓸어 내네.

둘째 자리에 앉은 낙하신의 시는 다음과 같다.

오색 꽃 그림자가 자리에 드리웠고
변두[88]와 생황笙簧이 차례로 벌여 있네.

꿈꿈꿈꿈

87. 큰 고래가~들이마시는 것 같네 당나라 두보杜甫의 시 「음중팔선가」飮中八仙歌 중 "술 마시는
  건 큰 고래가 일백의 시내 들이마시듯 하고"(飮如長鯨吸百川)에서 따온 말.

운모 휘장[89] 속에 노랫소리 아름답고

수정 주렴 안에서 하늘하늘 춤을 추네.

신룡께서 어찌 못 속에만 계시겠나[90]

문사文士는 예로부터 자리의 보배.[91]

어찌하면 긴 밧줄로 해를 잡아맬까[92]

봄날 술에 취해 오래도록 머물고 싶거늘.

셋째 자리에 앉은 벽란신의 시는 다음과 같다.

신왕께서 술에 취해 황금 의자에 기대시니

산 아지랑이 자욱한데 석양이 지네.

비단 소매 돌며 너울너울 묘한 춤추고

맑은 소리 가느다랗게 들보를 휘감네.

외로움과 울분에 몇 년이나 은빛 섬 부딪었나

오늘에야 즐거이 다 함께 옥잔을 드네.

흘러가 버린 세월 인간들은 모르나니

고금의 세상사 너무도 총망悤忙하네.

꾀꾀꾀꾀

88. **변두籩豆** 제사나 연회에 쓰는 그릇. '변'籩은 대나무로 만든 그릇이고, '두'豆는 나무로 만든 그릇이다.

89. **운모雲母 휘장** 은빛 광채가 나는 운모로 장식한 휘장.

90. **신룡께서 어찌 못 속에만 계시겠나** 언젠가 승천할 것이라는 말.

91. **자리의 보배** 『예기』禮記「유행」儒行의 "선비는 자리 위의 진귀한 보배(뛰어난 재주와 학덕)를 가지고 초빙을 기다린다"라는 구절에서 따온 말.

92. **어찌하면 긴 밧줄로 해를 잡아맬까** 서진西晉의 문인 부현傅玄의 「구곡가」九曲歌에서 따온 구절.

시를 다 지어 바치니 신왕이 웃으며 읽은 뒤 사람을 시켜 한생에게 건넸다. 한생은 이를 받고 꿇어앉아 읽었다. 세 번을 거듭 읽으며 음미하더니 자리 앞에 나아가 20운[93]의 시를 지어 성대한 일을 서술했다. 그 시는 다음과 같다.

천마산 높아 은하수에 닿고
폭포는 멀리 하늘을 나네.
곧장 골짝으로 떨어져서는
세차게 흘러 큰 물을 이루네.
물결 가운데 월궁月宮이 잠기고
못 밑에 용궁이 으슥하네.
변화가 무궁해 신령스런 자취 남기고
하늘에 올라 큰 공을 세우셨네.
천지의 원기元氣에서 엷은 안개 일어나고
따스한 기운이 상서로운 바람 일으키네.
하늘이 중대한 부절[94]을 내리사
여러 작위 중 높은 청구靑丘(조선)의 작위 받으셨네.[95]
구름 타고 자극[96]에 조회하고

93. **20운韻** 짝수 구절의 끝에 들어가는 운자韻字가 20개인 총 40구의 장시長詩를 말한다.
94. **부절符節** 임금이 높은 벼슬아치나 장수에게 권력을 위임하는 증표로 주던 신표信標.
95. **여러 작위~작위 받으셨네** 청구의 용왕 작위가 다른 곳의 작위보다 높다는 뜻. 중국의 천자가 여러 제후국 중 조선의 왕을 특히 우대한 것을 말한다.
96. **자극紫極** 도교에서 천상의 선인이 거처한다는 곳. 여기서는 옥황상제의 궁전.

청총마⁹⁷ 달려 비를 내리시네.

황금 대궐에 잔치가 열려

옥섬돌에서 이별의 곡⁹⁸을 연주하네.

찻잔에는 노을이 어리고

붉은 연잎에 맑은 이슬 떨어지네.

위의威儀가 정중하고

예법도 훌륭하네.

차려입은 의관衣冠은 찬란하고

패옥佩玉 소리 영롱하네.

물고기와 자라가 와 조회하고

강하의 군장도 모두 모였네.

신령스런 조화는 어찌 그리 황홀한지

드러나지 않는 덕이 깊고 깊어라.

동산에는 꽃을 재촉하는 북⁹⁹이 울리고

술동이엔 무지개가 드리웠네.

선녀는 옥피리 불고

서왕모西王母는 거문고를 타네.

술을 올려 백 번 절하고

---

97. **청총마青驄馬** 총이말. 갈기와 꼬리가 푸르스름한 백마.

98. **이별의 곡** 원문은 "別鴻"(별홍)인데, 이별곡을 뜻하는 것으로 보인다.

99. **꽃을 재촉하는 북** 당나라 현종玄宗이 봄날에 갈고羯鼓(장구와 비슷한 모양의 타악기)로 손수 작곡한 「춘광호」春光好라는 음악을 연주하게 하니 버드나무와 살구나무 꽃봉오리가 막 터졌다는 고사에서 유래하는 말.

화산과 숭산[100]처럼 영원하시라 세 번 외치네.

서리처럼 흰 과일이 안개에 잠기고

수정총[101]이 쟁반 위에 빛나네.

진귀한 맛에 입에 침이 고이고

임금의 은혜가 뼛속까지 스미네.

마치 항해[102]를 마신 듯하고

흡사 영주와 봉래[103]에 이른 듯.

즐거움이 다하면 헤어지는 법

풍류도 한바탕 꿈과 같네.

한생이 시를 바치니 자리에 있던 모든 이가 감탄하고 칭찬해 마지 않았다. 신왕이 고마워하며 말했다.

"이 시를 금석金石에 새겨 우리 집의 보물로 삼겠습니다."

한생이 절하여 감사의 뜻을 표하고 앞으로 나아가 아뢰었다.

"용궁의 빼어난 일을 다 보았습니다만 광대한 궁궐과 드넓은 영토를 둘러볼 수 있겠습니까?"

신왕이 말했다.

<hr />

100. **화산華山과 숭산嵩山** 중국을 대표하는 다섯 산에 속한다.

101. **수정총水晶蔥** 중국 길주吉州 토산의 채소로, 뿌리는 마늘 같고 잎은 파 같은데 냄새가 나지 않는다.

102. **항해沆瀣** 신선이 마시는 밤이슬. 『초사』 「원유」遠遊에 "여섯 기운을 먹고 항해를 마시네"(餐六氣而飲沆瀣兮)라는 말이 있다.

103. **영주瀛州와 봉래蓬萊** 신선이 산다는, 바닷속의 산. 영주산瀛洲山, 봉래산蓬萊山, 방장산方丈山을 삼신산三神山이라고 한다.

146

"그리하시지요."

한생이 신왕의 분부를 받고 문밖에 나와 눈을 부릅뜨고 바라보았으나 오색구름이 주위를 둘러싸고 있어 동서를 분별할 수 없었다. 신왕이 구름을 불어 없애는 자에게 명하여 구름을 쓸어버리라 하자, 한 사람이 궁전 뜰에서 입을 오므려 바람을 불었다. 그러자 하늘이 환히 밝아지더니 산도 벼랑도 없는 평평하고 광활한 세계가 바둑판처럼 수십 리에 걸쳐 펼쳐진 모습이 보였다. 옥으로 이루어진, 신선 세계의 꽃나무가 줄지어 심기고, 금모래가 깔렸으며, 황금 담장이 주위를 두르고, 행랑과 뜰에는 모두 푸른 유리벽돌을 깔아 빛과 그림자가 서로 어우러졌다.

신왕이 두 사람에게 명하여 한생을 구경시켜 주게 했다. 한 누각에 이르렀는데, 이름이 '조원지루'[104]였다. 누각은 오직 파려玻瓈(수정)로만 지어 주옥珠玉으로 장식했는데, 황금색과 푸른색이 뒤섞여 있었다. 누각에 오르니 허공에 오른 듯했는데, 일천 층이나 되었다. 한생이 꼭대기 층까지 오르려 하자 사자使者가 말했다.

"오직 신왕께서만 신령한 힘으로 오르실 수 있는 곳이어서 저희도 다 올라가 보지 못했습니다."

위층은 구름이 떠 있는 하늘과 나란해서 속세 사람이 오를 수 있는 곳이 아니었다. 한생은 7층까지 올라갔다가 내려왔다.

또 한 누각에 이르렀는데, 이름이 '능허지각'[105]이었다. 한생이 물었다.

"이 누각은 무슨 용도로 쓰입니까?"

"여기는 신왕께서 하늘에 조회하러 가실 때 의장儀仗을 정돈하고 의관을 갖추시는 곳입니다."

한생이 청했다.

"의장을 보고 싶습니다."

사자가 한생을 인도해 한 곳에 이르니 둥근 거울처럼 생긴 물건이 하나 있었는데, 번쩍번쩍하는 빛에 눈이 어지러워 자세히 살펴볼 수 없었다. 한생이 말했다.

"이건 무슨 물건입니까?"

"전모[106]의 거울입니다."

또 북이 있었는데, 크고 작은 것이 서로 맞았다. 한생이 쳐 보려 하자 사자가 제지하며 말했다.

"이 북을 치면 온갖 물건이 모두 진동하니 바로 뇌공[107]의 북이랍니다."

또 풀무처럼 생긴 물건이 있었다. 한생이 움직여 보려 하자 사자가 또 제지하며 말했다.

"이 물건을 움직이면 산속의 바위가 다 무너지고 큰 나무가 뽑히니, 바로 바람을 일으키는 풀무랍니다."

또 먼지떨이처럼 생긴 물건이 있고, 그 옆에 물 항아리가 있었다.

---

106. **전모電母** 번개를 주관하는 신.
107. **뇌공雷公** 뇌신雷神, 곧 천둥을 주관하는 신.

한생이 물을 뿌려 보려 하자 사자가 또 제지하며 말했다.

"한 번 물을 뿌리면 홍수가 나서 산과 언덕이 모두 잠깁니다."

한생이 말했다.

"그렇다면 왜 여기에 구름을 불어 내는 기구는 두지 않습니까?"

"구름은 신왕의 신령한 힘으로 되는 것이지 기구로 만들 수 있는 게 아닙니다."

한생이 또 말했다.

"뇌공·전모·풍백·우사[108]는 어디에 계십니까?"

"이들은 천제天帝께서 깊은 곳에 가두어 나와 놀지 못하게 하셨습니다. 신왕이 나오시면 그때 모입니다."

그 나머지 기구들은 다 알 수 없었다.

또 긴 행랑이 몇 리에 걸쳐 뻗어 있었는데, 금룡金龍 모양의 자물쇠로 문이 잠겨 있었다. 한생이 물었다.

"여기는 어떤 곳입니까?"

사자가 말했다.

"여기는 신왕의 칠보七寶를 간직한 곳입니다."

한참 동안 두루 돌아봤으나 다 볼 수 없었다. 한생이 말했다.

"이제 돌아갈까 합니다."

사자가 말했다.

"예. 알겠습니다."

❧❧❧❧

108. 풍백風伯·우사雨師 '풍백'은 바람을 주관하는 신이고, '우사'는 비를 주관하는 신.

한생이 돌아가려 했으나 겹겹의 문에 길을 잃어 어디로 가야 할지 몰랐으므로 사자에게 앞에서 인도해 달라고 부탁했다.

한생은 본래 있던 자리로 돌아와 신왕에게 감사 인사를 했다.

"큰 은혜를 입어 아름다운 땅을 두루 돌아보았습니다."

한생은 두 번 절하고 작별했다. 신왕은 산호 쟁반에 명주[109] 두 낱과 흰 비단 두 필을 담아 선물로 주고 문밖에 나와 작별 인사를 했다. 세 신도 동시에 작별 인사를 하더니 수레를 타고 곧바로 돌아갔다.

신왕이 다시 두 사자에게 분부해 산을 뚫고 물을 가르는 뿔을 휘두르며 한생을 인도하게 했다. 사자 한 사람이 한생에게 말했다.

"제 등에 올라 잠시 눈을 감으십시오."

한생이 그 말대로 했다. 또 다른 사자 한 사람이 뿔을 휘두르며 앞에서 인도하니 마치 허공에 오른 듯했고, 바람 소리와 물소리만 한참 동안 끊임없이 들렸다. 소리가 그쳐 눈을 떠 보니 자기 집 거실에 누워 있었다.

문밖에 나와 보니 큰 별이 드문드문 떠 있고 동방이 밝아 오며 닭이 세 번 울었다. 새벽 4시경이었다. 급히 품속을 더듬어 보니 명주와 비단이 있었다. 한생은 그 물건들을 상자 속에 간직하고 귀중한 보물로 여겨 다른 사람에게 잘 보여 주지 않았다.

그 뒤 한생은 세상의 명성과 이익을 마음에 두지 않고 명산으로 들어갔는데, 어떻게 살다 생을 마쳤는지 알 수 없다.

꽃꽃꽃꽃
109. 명주明珠 광택이 영롱한 진주. 혹은 아름다운 보배 구슬.

갑집 뒤에 쓰다¹

書甲集後

작은 집에 자리가 따뜻한데

달이 막 떠올라 매화 그림자 창에 가득하네.

등불 켜고 긴 밤을 향 사르고 앉아

한가로이 세상에 못 보던 책 썼네.

벼슬할 생각은 이미 마음에 없고

소나무 보이는 창에 단정히 앉으니 밤이 정녕 깊었네.

향 담는 통과 물병 놓인 깨끗한 책상에서[2]

풍류 넘치는 진기한 이야기 골똘히 찾았네.

⚶⚶⚶

1. **갑집甲集 뒤에 쓰다** 1465년 무렵 김시습이 경주 금오산金鰲山에 머물던 때 『금오신화』金鰲新話를 짓고 나서 책 뒤에 저자 자신이 붙인, 후기後記 성격의 시. '갑집'은 여러 권으로 이루어진 책의 첫째 권을 뜻한다. 5편의 소설을 묶고 '갑집'이라 칭한 것으로 보아 『금오신화』가 본래 여러 책으로 기획되었음을 알 수 있다. 『금오신화』 창작에 영향을 끼친 『전등신화』剪燈新話에 20편과 부록 1편이 수록된바, 김시습 역시 20편의 작품을 4권으로 묶으려 했던 것으로 추정된다.
2. **향 담는 통과~깨끗한 책상에서** 『매월당집』 권6의 「『금오신화』에 적다」라는 시에는 "향이 꽂힌 향로 놓인 깨끗한 책상에서"로 되어 있다.

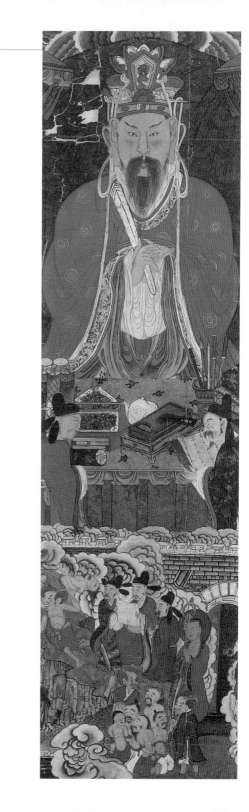

새로운 번역, 다시 읽는『금오신화』

박희병

1

『금오신화』는 김시습(1435~1493)이 창작한 단편소설집이다. 이 책에는「만복사저포기」,「이생규장전」,「취유부벽정기」,「남염부주지」,「용궁부연록」5편의 작품이 실려 있다.

김시습은 21세 때인 1455년 삼각산(북한산) 중흥사에서 과거 공부를 하던 중 수양대군의 왕위 찬탈 소식을 듣자 문을 닫고 사흘을 나오지 않다가 홀연 통곡하고 책을 다 불살라 버린 후 미친 시늉을 하며 측간에 빠졌다. 이후 중이 되어 관서, 관동, 호서, 호남 등지를 떠돌다가 29세 때인 1463년 경주의 금오산에 정착했다. 김시습은 1470년까지 금오산에 거주했는데,『금오신화』는 바로 이 금오산 시절에 쓴 작품이다.

2

　김시습은 금오산 시절에 대단히 활발한 지적·사상적 작업을 수행했다. 이 시기에『금오신화』라는 우리 소설사상 기념비적인 작품을 썼을 뿐만 아니라 유교, 불교, 도교에 대한 자신의 기본 관점을 정립했다.

　먼저 유교를 보면, 그는 이 시기에 명나라 초에 성립된『성리대전』性理大全(1415년 완성, 전 70권)을 공부해 송대 성리학의 성과를 자기화해 나갔다. 그 탐구의 결과가 「태극설」太極說, 「신귀설」神鬼說(『매월당집』권20)이다. 「태극설」에서는, 태극이 곧 음양이고 음양이 곧 태극이라고 주장함으로써 '기'氣를 존재론의 중심에 둔 철학을 정초했다. 김시습은 그 만년에도 "하늘은 기氣의 지극히 성한 것인데, 리理가 그로부터 나온다"(天者, 氣之至盛, 而理之所自出者:『잡설』雜說,『매월당집』권23)고 주장함으로써 금오산 시절의 관점을 견지했다. 16세기 서경덕徐敬德의 기철학氣哲學으로 이어지는 김시습의 기본위적氣本位的 관점은 주희朱熹의 학설과는 차이가 있으며 김시습 자득의 것이라 할 만하다. 「신귀설」에서는, 사람이 죽으면 종내에는 '기'가 사라져 버린다고 주장함으로써 영혼불멸설을 부정했다.

　한편 이 시기 김시습은『서경』書經에서 유래하는 '군주는 천명天命을 얻어야 군주 노릇을 할 수 있다'는 명제와 '역성혁명론'易姓革命論으로 집약되는『맹자』孟子의 민본주의를 토대로 강력한 민본위民本位의 사상을 구축했다. 그 결과물이 「애민의」愛民義, 「방본잠」邦本箴 등이다. 이들 글은 세조의 왕위 찬탈에 대한 이론적 대응으로서의 성격을 갖는다.

　그다음 불교를 보면, 김시습은 이 시기에『청한잡저』淸寒雜著 2』를 저술해 불교에 대한 관점을 확립했다. 이 저술이 보여 주는 불교 비판은 불교를 부정하기 위한 것이 아니라 긍정하기 위한 것이다. 이 저술에서 김시습은 군주의 잘못된 불교 숭배를 신랄히 비판했다.

끝으로 도교를 보면, 김시습은 『청한잡저 1』에서 도교의 이런저런 담론과 미신적 측면을 조목조목 비판했다.

이렇게 본다면 김시습은 금오산 시절에 유교와 불교는 진리로 승인했으되 도교에 대해서는 부정적인 입장을 취했다고 말할 수 있다. 흔히 김시습이 유·불·도 삼교를 긍정했다는 주장을 접하지만 이는 실제와 거리가 있음을 지적하지 않을 수 없다.

3

종종 『금오신화』에 실린 작품들을 김시습의 사상과 관련지어 보는 사람들이 있다. 『금오신화』가 김시습의 사상 행위와 전연 무관한 것은 아니지만, 그렇다고 이 책의 작품들이 모두 그의 사상을 전달하기 위해 쓰인 것은 아니다. 문학은 문학이고, 사상은 사상이다. 따라서 문학을 사상으로 '환원'하지 않도록 주의할 필요가 있다.

가령 「만복사저포기」에는 남주인공 양생이 만복사의 부처와 내기를 하는 장면이 나오고, 여주인공이 '삼세三世의 인연'을 말하며, 결말 부분에서 여주인공이 양생이 절에 재齋를 올려 줘 그 덕으로 다른 나라에 남자로 태어났다고 하면서 서방님도 선업善業을 닦아 윤회를 벗어나라고 당부하는 말이 나온다. 앞서 말했듯 김시습은 금오산 시절 불교의 삼세인연설, 윤회설을 실체적 진리로 보지 않았으며, 절에 재를 올리는 행위도 부정적으로 보았다. 인간이 죽으면 필경 '기'가 소멸하므로 정신이 유전流傳할 리 만무하다고 봤기 때문이다. 그렇다면 김시습은 왜 「만복사저포기」에서 삼세인연설과 윤회설을 말한 것일까? 서사의 방편, 즉 하나의 '서사 장치'라고 생각된다. 즉 이야기를 흥미롭게 끌어 나가기 위해 불교 담론을 적절히 활용한 것이라 할 것이다. 그러므로 이런 담론을 구사한다고 해서 김시습이 이를 진리로 간주하거나 이를 전파하고자 했다고 생각해서는 안 될 것이다. 이런 데서 김시습의 융통성과 소설가로서의 면모가 확인된다 하겠다.

「취유부벽정기」도 마찬가지다. 이 작품의 여주인공 기씨가 선녀이고 남주인공 홍생이 죽어 신선이 되는 것으로 작품이 종결된다고 해서, 이 작품이 도교나 신선 사상을 긍정하고 있다고 보거나 이 작품에 김시습의 도교적 사상이 반영되어 있다고 해석하는 것은 옳지 않다. 물론 김시습이 관서關西를 유람할 때 단군의 유적지로 알려진 곳을 돌아보며 시를 짓기도 한 데서 알 수 있듯, 그는 '선인仙人 단군'의 역사적 전승을 부정하지 않았으며, 이런 데서 그의 민족적 감정과 주체적 의식의 일단을 읽어 낼 수 있다. 그렇기는 하나 그렇다고 그가 도교나 신선 사상을 긍정한 것은 아니다. 김시습은 적어도 사상의 입장에서는 앞에서도 말했듯 도교에 비판적, 부정적이었다. 그러므로 「취유부벽정기」의 배경이 된 신선 사상과 이 작품에 구사되어 있는 다채로운 선가적仙家的 담론들은 「만복사저포기」의 경우와 마찬가지로 서사를 위한 방편으로 보아 마땅하다. 즉 '서사 장치' 그 이상도 그 이하도 아니다. 그러니 독자들은 이들 작품에서 불교나 도교 사상에 구애될 것이 없으며, 서사를 그 자체로 즐기면 그만이다.

4

단「남염부주지」는 좀 다르다. 이 작품은 김시습의 사상과 모종의 관련을 맺고 있다. 이 작품의 주인공 박생은 성리학자다. 그는 작중에서「일리론」一理論이라는 성리설性理說을 짓는데, 이에 의하면 하늘이 '기'로써 형形을 이루고 '리'理 또한 부여하는바 '리'는 일상의 일에 저마다 조리가 있음이다. '리'에서 '기'가 나온다고 하지 않고, '기'가 먼저고 여기에 '리'가 부여된다고 한 점, '리'는 만사의 조리라고 한 점으로 보아「태극설」이나「신귀설」에서 말한 것처럼 기본위설氣本位說에 해당한다고 말할 수 있다. 그러므로「일리론」에는 금오산 시절에 정초된 김시습의 성리설이 반영되어 있다 할 것이다. 그런데「일리론」의 끝부분에는, '천하에 두 개의 이치가 있을 리 없으니 나는 이단의 설을 믿지 못하겠노라'라는 말이 나온다. 여기서 '이단'이란 불교를 가리킨다. 금오산 시절에 김시습은 불교를 진리로 적극 긍정했으며 이단으로 간주하지 않았지 않은가? 그런데 김시습의 작중 분신이라 할 박생은 왜 이런 발언을 한 것일까? 요컨대 박생의 이 발언 역시 하나의 '방편'으로 보아야 옳을 것이다. 김시습은 당시 천하에 두 개의 이치(즉 유교와 불교)가 존재하며 불교를 이단으로 보아서는 안 된다는 입장을 견지했지만, 자신의 이런 사상과는 다른 발언을 박생으로 하여금 하게 했다. 왜일까? 불교를 이단시하는 당시의 유학자들을 염두에 두어서다. 김시습은 불교를 부정하는 입장을 지닌 박생과 염라대왕의 가설적 대화를 통해 자신의 불교관을 밝히고자 한 것이다. 박생은 염라대왕과 대화함으로써 유교의 주공周公·공자와 마찬가지로 불교의 석가 역시 사람들을 올바른 이치로 인도하는 성인聖人이며 따라서 불교가 이단이 아님을 알게 되며, 윤회설과 천당지옥설이 모두 허구이고, 절에서 재를 올리고 시왕+포에게 제사 지내는 것이 모두 잘못된 일임을 알게 된다. 그렇다면 천당 지옥이 허구라고 해 놓고선 왜 작중에 염라대왕이 등장하며, 박생이 죽어 염라대왕이 되었다고 한 것일까? 이 역시 서사를 위한 하나의 방편적 설정으로 이해해야 할 것이다. 이런 방편을 통해 염라대왕의 입으로 염라대왕의 존재가 부정된다. 이처럼 이 작품에는 여러 겹의 방편이 동원된바 이를 제대로 간파해 읽어야 김시습이 말하고자 한 바가 무엇인지 알 수 있다.

요컨대 김시습은 「남염부주지」에서 여러 겹의 방편—'박생과 염라대왕의 대화' 역시 하나의 방편이다—을 통해 자신이 생각하는 불교관을 밝히고 있다. 이 점에서 이 작품은 『금오신화』의 다른 작품들과 달리 '사상 소설'이라 이를 수 있다. 만일 이 작품이 성리학을 긍정하고 불교를 이단으로 배척하기 위해 쓰였다고 본다면 오독이라 할 것이다.

5

「만복사저포기」에 보이는 불교와 관련된 내용이 작자의 불교 사상과 정작 아무런 관련이 없고, 「취유부벽정기」의 신선 관련 내용이 작자의 세계관과 아무 관련이 없다면 작자는 대체 이 작품에서 무얼 말하고자 한 걸까? 다시 말해 이 작품들의 주제는 뭘까? 이 물음은 우리를 『금오신화』의 본질에 다가가게 한다.

「만복사저포기」와 「취유부벽정기」는 남녀의 사랑 이야기다. 이 점에서는 「이생규장전」도 동일하다. 이 작품들에 그려진 사랑은 모두 애절하고 안타깝다. 사랑하지만 헤어짐으로써다. 사랑의 시간은 너무나도 짧다. 가령 「취유부벽정기」에서 남녀 주인공의 만남은 단 하룻밤에 불과하다. 하룻밤 대화하고 시를 주고받는 것, 이것이 그 전부다. 그럼에도 두 사람의 영혼은 깊은 교감에 이르며, 홍생은 이후 여인을 그리워하다 병이 들어 죽는다. 550여 년 전에 쓰인 소설이지만 이처럼 이들 작품이 보여 주는 사랑은 그 자체로 흥미롭다.

그런데 작자는 단지 사랑의 기쁨과 슬픔을 말하기 위해 이 작품을 쓴 것은 아니다. 이들 작품에서 남녀의 변함없는 사랑은 하나의 '은유'에 해당한다. 바로 이 은유 속에 작자가 애써 말하고자 한 메시지, 즉 작품의 주제가 자리하고 있다.

그렇다면 이들 작품의 사랑은 무엇의 은유일까? 이를 알기 위해서는 남녀 주인공의 삶에 대한 '태도'와 서로를 향한 '마음'에 주목할 필요가 있다. 「만복사저포기」, 「이생규장전」, 「취유부벽정기」의 여주인공은 모두 감당할 수 없는 폭력 앞에서 절개를 지키기 위해 목숨을 버렸다. 뿐만 아니라 이들 작품의 남녀 주인공은 모두 헤어지고 나서도 서로 한결같은 마음을 보여 준다. '한결같은 마음', 즉 상대에 대한 영원히 변치 않는 이 마음은 전통 시대의 윤리학 내지 미학에서 보면 곧 절개에 해당한다. 그러므로 김시습이 사랑을 통해 말하고자 한 가치는 바로 이 절개, 즉 '절의'節義라고 할 수 있다.

주지하다시피 절의는 김시습이 눈을 감을 때까지 평생 견지한 가치 태도이자 삶의 지표였다. 그는 이 때문에 모든 것을 내려놓은 채 백척간두百尺竿頭에서 자기를 내던지는 삶을 살다가 생을 하직했다. 하려고만 하면 얼마든지 편안한 삶을 살 수 있었는데도.

김시습이 절의의 삶을 산 것은 수양대군의 왕위 찬탈에 기인한다. 이를 받아들일 수 없었던 그는 평생 정치권력과 긴장 관계 속에 있었다. 그리하여 백성을 옹호하는 입장에서 정당하지 못한 권력과 잘못된 정치를 비판했다. 요컨대 김시습에게 있어 절의라는 윤리학 내지 미학은 정치사상적으로 전제 군주에 대한 비판과 민民에 대한 옹호로 이어진다.

세조의 왕위 찬탈에 대한 비판은 「취유부벽정기」와 「남염부주지」에서 확인된다. 즉 「취유부벽정기」에서는 위만의 왕위 찬탈로 그 점을 가리켜 보였으며, 「남염부주지」에서는 염라대왕의 다음 말로 그 점을 드러내 보였다.

> 나라를 가진 자는 폭력으로 백성을 위협해서는 안 되오. 백성이 비록 두려워해 명령에 따르는 듯 보이지만 속으로는 반역할 마음을 품어 시간이 흐르면 결국 큰 재앙이 일어날 것이오. 덕 있는 자는 힘으로 군주의 자리에 나아가지 않소. 하늘이 비록 자상한 말로 사람을 깨우치지는 않지만 시종일관 일을 통해 보여 주거늘, 이를 보면 하늘의 명命이 엄하다는 걸 알 수 있소.
> 무릇 나라는 백성의 것이요, 명은 하늘이 내리는 것이오. 천명天命이 임금에게서 떠나고 민심이 임금에게서 떠나간다면 비록 몸을 보전하고자 한들 어찌 보존할 수 있겠소?

이처럼 「취유부벽정기」와 「남염부주지」에는 세조의 왕위 찬탈에 대한 비판이 우의寓意되어 있다. 이렇게 본다면 『금오신화』에는 '절의'라는 주제와 함께 '세조의 왕위 찬탈에 대한 비판'이 또 다른 주제로 제시되어 있다고 할 것이다.

따라서 『금오신화』는 세조의 왕위 찬탈에 맞서 김시습 자신이 취한 행로行路와 실존적 태도의 미학적 육화肉化다. 이 점에서 그것은 김시습의 내면과 정신세계를 더없이 잘 보여 주는 일종의 '자화상'이라 이를 만하다.

6

『금오신화』에서 김시습의 자기 인식과 세조에 대한 적개심이 가장 잘 드러난 곳은 「남염부주지」의 다음 대목이다.

박생이 물었다.
"임금께서는 어떻게 이런 이역異域 땅에서 왕이 되셨습니까?"
왕이 대답했다.
"나는 세상에 있을 때 임금께 충성을 다하며 온 힘을 다해 도적을 토벌했는데, 그때 이렇게 맹세한 일이 있소.
'내가 죽으면 귀신이 되어서라도 도적을 모두 죽이리라!'
죽어서도 내 소원이 다 이루어지지 않았고 충성스런 마음도 사라지지 않았기에, 이런 흉악한 땅에서 임금 노릇을 하게 된 것이오. 지금 이 땅에 살며 나를 우러르는 자들은 모두 전생에 임금이나 부모를 죽이는 등 온갖 간사하고 흉악한 짓을 벌인 무리라오. 이들은 이곳에 살며 나의 통제를 받아 그릇된 마음을 바로잡으려 하고 있소. 정직하고 사심 없는 사람이 아니면 이 땅에서는 하루도 임금 노릇을 할 수 없소.

그대는 정직하고 뜻이 고상해 인간 세상에 있으면서 남의 위세에 굴하지 않는 진정한 달인達人이라고 들었소. 그럼에도 세상에 뜻을 한번 펼쳐 보이지 못했으니, 그야말로 천하의 보배로운 옥돌이 황야에 버려지고 영롱한 구슬이 연못 깊이 가라앉아 있는 것과 같은 신세구려. 훌륭한 장인匠人을 만나기 전에야 누가 천하의 보물을 알아볼 수 있겠소? 참으로 안타깝소!

나 역시 운수가 다해서 곧 이 세상을 뜰 운명이고, 그대 또한 타고난 수명이 이미 다해서 땅에 묻히리니, 이 나라의 임금이 될 사람이 그대 말고 누가 있겠소?"

염라국에는 임금을 죽인 온갖 간사하고 흉악한 짓을 벌인 무리가 죽은 뒤에 오게 되어 있다. 그들은 여기서 염라대왕의 통제를 받으며 온갖 고통을 겪게 된다. 그러니 염라대왕은 아무나 할 수 없으며, 오직 정직하고 사심 없는 사람만이 할 수 있다. 염라대왕은 박생이 곧 그런 사람이라고 말한다. 즉 "정직하고 뜻이 고상해 인간 세상에 있으면서 남의 위세에 굴하지 않는 진정한 달인達人"이라는 것. '남의 위세'라는 말에는 세조의 하늘을 찌르는 위세도 포함될 터이다.

염라대왕은 박생이 '황야에 버려진 보배로운 옥돌'임을 알아보고 마침내 염라대왕의 자리를 그에게 물려주기로 한다. 이제 박생은 죽은 뒤에 염라대왕이 되어 부당하게 왕을 죽인 온갖 역적을 다스리게 될 것이다.

염라대왕의 박생에 대한 평가는 기실 김시습 자신의 자기 인식에 다름 아니다. 그리고 김시습 자신이 장차 염라대왕이 되어 권력을 찬탈한 자들—이에는 당연히 세조와 그를 추종한 무리가 포함될 것이다—을 징치할 것이라는 설정은 '세조를 끝까지 용서할 수 없다'는 그의 마음속을 보여 주는 것이라 할 만하다. 이리 본다면 「남염부주지」는 아주 무서운 작품이다. 당시의 임금과 맞짱을 뜨고 있기 때문이다. 이를 통해 김시습이 목숨을 걸고 『금오신화』를 썼음을 알 수 있다.

김시습이 꼭 절의를 지킨 것은 아니며, 세조의 통치를 인정함으로써 세조와 타협했다는 주장을 펴는 사람도 없지는 않지만, 그런 분들은 김시습의 가장 깊은 마음속을 보여 주는 『금오신화』를 다시 정독할 필요가 있지 않을까.

7

학계에서는 종전에 「용궁부연록」에는 김시습이 어린 시절 세종대왕의 부름을 받아 궁궐에 간 경험이 반영되어 있으며, 그 시절에 대한 그리움이 표출되어 있다고 보았다. 김시습의 평생에서 이 일은 하나의 '원체험'原體驗을 이룬다. 그가 죽을 때까지 절의를 놓지 않은 것도 그 출발점에 바로 이 일이 있다. 세종은 김시습에게 선물을 하사한 뒤 집으로 돌려보내며 '훗날 이 아이를 크게 쓰겠다'고 했기 때문이다. 이 말을 어찌 잊겠는가. 김시습은 세종의 은혜로운 이 말이 평생 귀에 쟁쟁거렸을 터이다. 그러니 「용궁부연록」을 그리 해석한 것은 이해가 되고도 남는다.

하지만 이 작품을 면밀히 읽어 보면 작중의 용왕은 세종대왕이 아니다. 작중에서 용왕은 「수룡음」을 연주하는데, 그 노랫말 맨 끝에는 "십 년 맺한 우울함 모두 떨쳐 버리고/저 푸른 하늘 위로 상쾌히 오르세"라는 말이 나온다. '십 년 맺힌 우울함'은 주목을 요하는 말이다. 단종이 살해된 해는 1457년인데,『금오신화』는 그로부터 10년쯤 뒤에 창작되었음으로써다.

용왕만 깊은 우울함을 품고 있는 것이 아니라 용궁에 초대된 세 용신龍神 역시 수심과 원한을 품고 있다. 가령 조강신祖江神이 지은 시 중의 "해마다 바위에 부딪쳐 수없이 울부짖었네만/오늘 밤 즐거움으로 온갖 근심 쓸어 내네"라는 말이나, 벽란신碧瀾神이 지은 시 중의 "외로움과 울분에 몇 년이나 은빛 섬 부딪었나/오늘에야 즐거이 다 함께 옥잔을 드네"라는 말에서 그 점이 확인된다. 이로 보아 이 작품의 용왕에는 억울하게 죽임을 당한 단종이, 세 용신에는 세조의 왕위 찬탈 과정에 희생된 인물이 가탁되어 있다고 생각된다.

이렇게 본다면 이 작품은 세조에게 목숨을 잃은 단종과 그 신하들의 넋을 위로하고 그들에 대한 공감을 표현하기 위해 쓰인 것이라고 할 수 있다. 김시습은 산 자이고 그들은 죽은 자들이지만, 양자는 깊은 일체감을 보이고 있다.

8

『금오신화』는 장르상 전기소설傳奇小說에 속한다. '전기소설'은 다른 소설 장르와 달리 작중에 '시'가 나오는 경우가 많다. 전기소설에서 시는 단순한 장식품이 아니다. 작중 인물의 내면 심리와 미묘한 감정은 대부분 시로 표출된다. 더구나 김시습은 시재詩才가 아주 뛰어난 문인이었다. 그는

『금오신화』를 쓰면서 시에 큰 힘을 쏟아부었다. 그래서 시에서 김시습의 작가적 역량과 빼어난 감수성을 읽어 낼 수 있다.

그러므로 독자들은 『금오신화』를 읽을 때 시를 건너뛰지 말고 천천히 마음으로 잘 음미할 필요가 있다. 『금오신화』의 깊은 묘미는 바로 이 시에 있는바, 시를 제대로 이해하지 않고는 작중 인물의 내면세계는 물론이려니와 김시습의 마음과 통할 수가 없다.

요컨대 『금오신화』의 독해 수준, 즉 『금오신화』를 얼마나 제대로 깊이 읽었는가는 시에 대한 이해 수준에 의해 결정된다고 해도 과언이 아니다. 시의 메타포와 숨은 의미, 그리고 그 맥락을 정확히 파악할 경우 『금오신화』에 깃들어 있는 김시습의 마음, 그가 『금오신화』를 통해 독자에게 건네려고 한 말이 무엇인지 간취할 수 있다.

하지만 한시는 이해하기 어렵다. 뿐만 아니라 번역하기도 몹시 어렵다. 게다가 『금오신화』에는 아주 긴 한시나 사詞가 실려 있기도 한데, 이런 것은 특히 그 시상詩想이나 맥락을 놓치거나 제대로 포착하기 어려운바 오역을 낳기 쉽다. 그럴 경우 독자는 『금오신화』의 본래 뜻, 김시습이 『금오신화』를 통해 우리에게 말하고자 한 데서 멀어지게 된다.

9

『금오신화』는 이가원 선생이 1953년 처음 번역한 이래 여러 사람에 의해 번역되었다. 앞서 번역한 사람 덕택에 뒤에 나온 번역서는 오류가 줄어들고 문장이 좀 더 다듬어진 듯하기는 하다. 그렇기는 하나 지금 유통

되는 번역본들에는 여전히 많은 오류가 내포되어 있다. 그러니 독자들은 『금오신화』의 본모습을 보고 있다고 말하기 어렵다. 『금오신화』는 우리나라를 대표하는 고전소설의 하나로 고등학교 교과서에도 실려 있어 전 국민이 모르는 사람이 없을 정도지만, 번역의 수준은 좀 실망스럽다.

왜 이리되었을까? 첫째, 『금오신화』의 한문이 쉽지 않다는 점을 지적할 수 있다. 한문이 쉽지 않으니 오역이 나오기 십상이다. 더구나 기왕의 번역자 중에는 문학에 대한 조예가 부족하든가 한문 문리가 부족한 사람도 없지는 않은 듯하다. 이런 경우 김시습의 눈높이에서 그의 작품을 독해하기는 어렵다. 이런 번역은 만용에 의한 번역이라고 해야 하지 않을까. 둘째, 조금 전 말했듯 한시의 이해와 번역이 여간 어려운 일이 아니기 때문이다. 그래서 한문을 좀 한다는 사람도 오역을 피할 수 없다. 더구나 시의 번역은 단지 한문 문리의 문제만이 아니며 시에 대한 이해력이 크게 관계되기 때문이다.

말이 나온 김에 종래의 번역들에 보이는 중대한 오역의 사례를 몇 가지만 짚어 보기로 한다.

(1) 「만복사저포기」에서 양생의 사는 곳을 '만복사의 동쪽 방'이라고 한 것.

이는 원문의 구두를 잘못 뗀 데서 기인한다. 즉 "獨居萬福寺之東, 房外有梨花一株"로 구두를 떼야 할 것을, "獨居萬福寺之東房, 外有梨花一株"로 구두를 뗀 것이다. 그래서 만복사 절집 밖의 동쪽에 있는 집에 거주한 양생을, 만복사 절집 안의 동쪽 방에 거주한 것으로 오해하게 만들었다.

만일 기존의 번역대로 양생이 만복사 안에 살았다고 한다면, 양생이 여인을 자기 방으로 데려가지 않고 만복사 행랑 끝의 조그만 방으로 데리고 들어가 관계를 맺었다는 것이 제대로 설명되지 않는다.

(2) 「취유부벽정기」에서 홍생이 추석날 장사하러 평양에 갔다고 한 것.

이는 원문의 "抱布貿絲于箕城"의 맥락적 의미를 읽지 못한 데 기인한다. 이 구절은 『시경』 위풍衛風 「맹」氓의 "어리석은 남자/베를 갖고 명주실을 사러 왔네/사실은 명주실을 사러 온 게 아니라/내게 수작을 부리러 왔네"(氓之蚩蚩, 抱布貿絲. 匪來貿絲, 來卽我謀)에 나오는 말이다. 그래서 '포포무사'抱布貿絲는 '장사를 하다'라는 뜻으로도 쓰이지만, '여자에게 수작을 부리다', '여자를 꾀다'라는 뜻으로도 쓰인다. 여기서는 후자의 뜻으로 쓰였다. 그러므로 홍생의 신분은 상인이 아니라 선비다. 여주인공 기씨도 홍생을 '문사'文士라고 했다.

(3) 「만복사저포기」에서는 여주인공이 「만강홍」萬江紅이라는 사詞를 지어 여종에게 노래하게 한다. '만강홍'은 송나라 이래로 유행했던 사詞 레퍼토리의 하나로, 전단前段과 후단後段으로 이루어지고, 자수字數가 총 93자다. 사는 구법句法이 정해져 있다. 종래의 번역은 대개 구법에 따라 구두를 떼지 않아 제대로 된 번역이라 할 수 없다. 심지어 전단과 후단을 나누지 않은 번역도 있다. 가령 어떤 번역본에는 이리되어 있다.

쌀쌀한 봄 날씨에 명주 적삼 얇아라	惻惻春寒羅衫薄,
몇 번이나 애끊었나 금압 향로에 불 식어 가니.	幾回腸斷金鴨冷.
저문 산은 눈썹처럼 검푸르게 엉겨 있고	晚山凝黛,

저녁 구름은 하늘에 고루 퍼졌구나.　　　　　　暮雲張繖,

비단 장막 원앙 이불을 함께할 님이 없어　　　錦帳鴛衾無與伴,

금비녀 비스듬한 채로 퉁소를 분다오.　　　　寶釵半倒吹龍管.

애달프게도 세월은 튀는 공 같아　　　　　　可惜許光陰易跳丸,

속마음 그저 답답하여라.　　　　　　　　　中情懣.

사원 등잔불 나직한 은 병풍 아래　　　　　　燈無焰銀屏短,

눈물 훔치는 나를 어느 누가 위로하리.　　　徒扻淚誰從款.

기쁘구나 오늘 밤이여　　　　　　　　　　喜今宵,

추연의 젓대 한 곡조가 따스한 봄을 되돌려　鄒律一吹回暖.

가성의 천고 한을 깨뜨리매　　　　　　　破我佳城千古恨,

금루곡 고운 가락에 은 술잔 기울인다.　　細歌金縷傾銀椀.

후회스럽구나 지난날 한을 품고　　　　　　悔昔時抱恨,

미간 찌푸린 채 외로이 잠들었던 일이.　　蹙眉兒眠孤館.

본서의 번역은 다음과 같다.

서러워라 쌀쌀한 봄날　　　　　　　　　　惻惻春寒,

얇은 비단 적삼 입고 몇 번이나 애간장 끊어졌나.　羅衫薄、幾回腸斷.

향로香爐는 차갑고 저문 산은 검푸른데　　　金鴨冷、晚山凝黛,

해 질 녘 구름은 우산을 펼친 듯.　　　　　暮雲張繖.

비단 장막과 원앙 이불 함께할 사람 없어　　錦帳鴛衾無與伴,

비녀를 반쯤 젖힌 채 피리를 부네.　　　　寶釵半倒吹龍管.

172

애달파라 쏜살같은 세월이여	可惜許、光陰易跳丸,
내 맘속엔 원망만 가득.	中情懣.
불 꺼진 등잔	燈無焰,
작은 은銀 병풍.	銀屛短.
공연히 눈물 훔치나니	徒抆淚,
사랑할 사람 누구런가.	誰從款.
기뻐라 오늘 밤 봄기운 돌아	喜今宵鄒律,
따뜻함이 찾아왔으니.	一吹回暖.
무덤에 맺힌 천고의 한恨 풀고자	破我佳城千古恨,
「금루곡」 부르며 은銀 술잔 기울이네.	細歌「金縷」傾銀椀.
옛날을 원망하며 한을 품어 찡그린 여인이	悔昔時、抱恨蹙眉兒,
외로운 집에 잠들었어라.	眠孤館.

(4) 「용궁부연록」에서는 용왕이 「수룡음」水龍吟 한 곡조를 연주하는데, '수룡음' 역시 전단과 후단으로 이루어진 사詞다. 종전의 이 작품 번역은 모두 정확하지 않다. 전단과 후단을 구분하지 못했을 뿐만 아니라 구두를 제대로 떼지 못했다. 그래서 원래의 의미가 전달되지 않는다.

(5) 「취유부벽정기」의 끝부분에는 '강정추야완월'江亭秋夜翫月(강가의 정자에서 가을밤에 달을 완상하다)이라는 제목의 40운(80구)이나 되는 장시長詩가 나온다. 기씨는 이 시를 남기고는 홀연 하늘로 사라진다. 이 시의 앞부분에 "삼천계三千界에 맑고 깨끗하며"라는 말이 나오는데, 달빛이 삼천

계를 환히 비추는 것을 형용했다.

'삼천계'는 불교에서 말하는 삼천대천세계三千大千世界를 이른다. '소천세계'小千世界를 천 개 합친 것이 '중천세계'中千世界이고, 중천세계를 천 개 합친 것이 '대천세계'大千世界다. 대천세계에는 소천小千·중천中千·대천大千 3종의 천千이 있으므로 '삼천대천세계'라고 한다. 그러므로 "삼천계三千界에 맑고 깨끗하며"라는 구절은 달이 온 우주, 온 세계를 환히 비추는 모습을 형용한 것이다. 이처럼 이 시는 먼저 광대한 우주적 스케일에서 달이 비치는 것을 말한 뒤 끝에 가서 자신들이 있는 부벽루에 비치는 달을 노래했다. 기존에는 모두 '삼천계'를 '삼천리'라고 오역했다. 삼천리는 곧 우리나라를 말한다. 이렇게 번역하면 이 시가 보여 주는 우주적 스케일은 사라지고 만다.

「강정추야완월」은 『금오신화』에서 가장 긴 시로, 김시습의 시재詩才를 한껏 드러내고 있다. 달을 가리키는 온갖 메타포와 고사들을 동원해 일관되게 대동강 부벽루에 비치는 달을 노래했으며, 끝에다 옛날을 슬퍼하고 다가올 이별을 서글퍼하는 기씨의 마음을 담았다. 그래서 이 시는 몹시 정취가 있고 무한한 여운을 남긴다. 하지만 기존의 번역은 모두 오역이 많아 맥락이 잘 닿지 않으니, 감흥과 여운이 느껴지기는커녕 읽기에 부담스럽기만 하다.

10

『금오신화』는 흔히 한국 최초의 소설이라고 한다. 하지만 이는 사실과

174

부합되지 않는다. 『금오신화』는 우리 소설사에서 기념비적인 작품이긴 하나 최초의 소설은 아니다. 『금오신화』보다 5백 몇십 년 전 이미 소설이 창작되었으니 최치원崔致遠이 지은 「호원」虎願(일명 김현감호金現感虎)이 그것이다. 고려 초에는 최치원을 주인공으로 한 소설 「최치원」이라든가 「조신전」調信傳이 지어지기도 했다. 이것들은 모두 아직 좀 미숙하기는 해도 『금오신화』와 같은 전기소설에 속한다. 소설사적으로 볼 때 『금오신화』는 우리나라의 이런 유구한 소설 창작의 전통을 잇고 있다.

『금오신화』는 후대의 소설사에 막대한 영향을 끼쳤다. 16세기 전반 신광한申光漢의 『기재기이』企齋記異와 16세기 후반 임제林悌의 「원생몽유록」元生夢遊錄에 영향을 미쳤을 뿐만 아니라, 17세기 초 성로成輅가 지은 「위생전」韋生傳과 「운영전」雲英傳에도 큰 영향을 미쳤다.